Irene Beddies

Magister Mellikor

Roman

Bibliographische Information der
Deutschen Nationalbibliothek:

Die Deutsche Nationalbibliothek
verzeichnet diese Publikation
in der Deutschen
Nationalbibliographie;
detaillierte bibliographishe Daten
sind im Internet über
http/dnb,dnb.de abrufbar.

Herstellung und Verlag:
Bod –Books on Demand, Norderstedt

ISBN 97837448901

Teil I

Zauberer und Zwerg

I

Vor mehr als dreihundert Jahren lebte ein Zauberer in einem dunklen Wald. Dort stand sein Schloss auf einem Berg. Er hatte es von seinem Vater geerbt und auch den Zwerg, der ihn bediente. Sein Vater war ebenfalls ein Zauberer gewesen. Er hatte alle seine Künste dem Sohn beigebracht und ihm den Zauberstab übergeben. So lernte der Sohn nie etwas anderes als das Zaubern. Um die tägliche Arbeit im Schloss kümmerte er sich nicht, die überließ er dem Zwerg. Wozu war der sonst da?

Der Zauberer war sehr anspruchsvoll. Der Zwerg rannte vom Morgen bis zum Abend, um alle Wünsche seines Herrn zu erfüllen. Manches Mal sehnte er sich danach, dass der Zauberer ihm durch seine Kunst die Arbeit erleichtern, ihn einmal ein wenig in Ruhe lassen würde.

Der dachte nicht daran, sondern meinte, Dienstboten taugten nur etwas, wenn sie ununterbrochen beschäftigt waren. Auch zeigte er sich niemals freundlich seinem Diener gegenüber. Er schlug ihn zwar nicht wie andre Herrn ihre Diener schlugen, wenn sie mit ihren Verrichtungen nicht wie erwartet fertig wurden, aber er gab ihm kein aufmunterndes Wort oder schenkte ihm gar Dank oder ein Lächeln. Im Gegenteil, er ließ ihn schuften bis zum Umfallen und tobte, wenn es nicht schnell genug ging.

Der Zwerg wurde immer unzufriedener und hoffte insgeheim, dass seinem Herrn etwas zustieße und er dadurch frei wäre.

Mitten im Wald lag eine große Wiese, die andere Menschen nicht kannten. Schöne bunte Blumen blühten auf ihr. Elfen hatten sich viele der Blüten zur Wohnung gewählt. Manchmal kamen sie mit ihrer Königin zusammen, um zu tanzen und zu singen.

Am Wiesenrand hatte sich der Zauberer eine geheime Hütte eingerichtet, in der er unbeobachtet vom Zwerg seine Kunst verfeinern konnte. Wenn die Elfen auf der Wiese sangen und sich im Reigen drehten, machte ihn das jedes Mal müde und vergesslich.

Das störte ihn meistens nicht bis eines Tages....

II

An einem Tag im Mai eilte der Zauberer den Bergweg hinauf. Er war äußerst missmutig. Es hatte überraschend zu regnen angefangen, und der Wind wehte heftig. Sein neuer lila Umhang wurde nass und flatterte ihm schwer um die Beine.

Als er im Schloss ankam, schleuderte er ihn auf einen Sessel und rief nach dem Zwerg: „Häng den Umhang an den Kamin! Ich brauche ihn heute noch!" Er ließ sich auf einen Stuhl fallen und hob einen Fuß. Sein Zwerg beeilte sich, ihm die Stiefel von den Füßen zu streifen und die bestickten Pantoffeln bereitzustellen. Er legte ihm zudem beflissen sein Lieblingskissen auf dem Sofa zurecht.

„Tee!", verlangte sein Herr barsch. „Und Kekse! Schnell!" „Jawohl, Herr!" „Jawohl, jawohl", fauchte der Zauberer, „ab in die Küche, du hättest schon längst alles bereitgestellt haben sollen!"

Der Zauberer lief in der Halle auf und ab, auf und ab. Dabei brummte er ärgerlich vor sich hin. Wenn er am Tisch vorbei kam, schlug er mit der Faust darauf. Der Zwerg wagte nicht zu fragen, was vorgefallen war. Er beobachtete den aufgebrachten Mann. Endlich stieß der Zauberer wütend hervor: „Das durfte mir nicht geschehen!"

Er warf sich auf das Sofa und griff nach dem Becher mit Tee. „Der ist kalt", schnauzte er. „Dafür kann ich jetzt nichts", verteidigte sich der Zwerg zaghaft, „er war heiß, als ich ihn auf den Tisch gestellt habe." „Dann wärme ihn gefälligst auf!" Der Diener floh in die Küche, wo er sich ein wenig sicherer fühlte. Sollte er nicht frischen Tee bereiten, einen, der beruhigend wirkte? Bevor er das Wasser in den Kessel füllen konnte, stürzte der Zauberer ihm nach. Er schubste ihn grob zur Seite, stellte sich selbst vor den Herd und raunte einen Zauberspruch. Nichts geschah. Verwundert blickte der Zwerg den Zauberer an.

„Guck nicht so, Dummkopf. Du siehst doch, dass ich meinen Zauberstab nicht dabei habe!" Der Zwerg sah fragend zu ihm auf, sagte aber vorsichtshalber nichts. „Die Elfen haben mich verwirrt! Ich habe ihn in der Hütte glatt vergessen! Gleich nach dem Mittagessen will ich ihn mir wiederholen. Ohne den Stab gelingt mir im Moment nichts", ereiferte sich der Zauberer und stürmte aus dem Raum.

Der Zwerg nickte eifrig mit dem Kopf. „Essen!" hörte er seinen Herrn aus der Halle rufen, „mach jetzt Essen, Faulpelz!"

„Muss er mich immer kränken, kann er mich nicht einmal bei meinem Namen, Gismut, nennen?", murrte der Zwerg ungehalten. „Sein Vater war da ganz anders."

Er kochte dem Meister sein Lieblingsgericht: Schnecken mit Knoblauch und Sahne. Dazu brühte er Beruhigungstee auf und süßte ihn mit Erdbeerblütenhonig. Das zubereitete Essen trug er auf einem silbernen Tablett zum Tisch.

Der Zauberer aß alles, ohne einmal aufzusehen.

Am Nachmittag wollte der Zauberer erneut zur Hütte. Er hatte sich etwas beruhigt. Mit einem Blick in den Spiegel überzeugte er sich davon, dass er in seinem wieder trocknen Umhang eine gute Figur machte. Die lila Farbe passte ausgezeichnet zu seinem blassen Gesicht und den langen schwarzen Haaren, die unter dem spitzen Hut hervor sahen.

„Eitel wie ein Pfau", dachte Gismut verächtlich. „Wen will er beeindrucken im Wald, wenn er nicht einmal seinen richtigen Namen zu sagen wagt?"

Die Sonne schien. Mit großen Schritten hastete der Zauberer durch den Wald. Vor seiner geheimen Hütte setzte er sich auf die Bank, um einen Augenblick Atem zu schöpfen. Sein Blick fiel auf den Raben, der wie gewöhnlich auf dem Brennholzstapel saß und seine Federn putzte. „Unglücksvieh! Husch! Verschwinde!", scheuchte er ihn hoch. Gerade wollte er aufstehen und in die Hütte gehen, da hörte er leisen, feinen Gesang. Die Elfen tanzten noch einmal auf der Wiese. Ihr Singen wirkte unwiderstehlich. Er schlief auf der Bank fest ein.

Sein Diener war ihm in sicherem Abstand gefolgt. Er hatte die Hütte noch nie gesehen. „Sieh an, hier also verbringt mein Herr so viele Stunden." Er lugte hinter der Hütte hervor. Aufmerksam beobachtete er eine Zeitlang den schlafenden Meister. Sollte er es wagen? Er gab sich einen Ruck und schlich bis an die Hüttentür. Hoffentlich quietschte sie nicht. Vorsichtig schob Gismut sie auf und schlüpfte in den dämmrigen Raum. Auf dem Tisch sah er den goldverzierten Zauberstab liegen. Er nahm ihn an sich und hüllte ihn in einen alten Lumpen, den er aus seiner Tasche zog. Er stahl sich aus der Hütte, schloss sachte die Tür und verschwand schnell.

Als es allmählich kühler wurde, erwachte der Zauberer. Er blickte sich um. Wie lange hatte er geschlafen? Er fror und sehnte sich nach einem wärmenden Feuer und heißem Tee im Schloss. Nur gleich den Zauberstab geholt!

Er betrat die Hütte. Sein Blick fiel als erstes auf den Tisch. „Wo ist mein Stab?", wunderte er sich. An der Wand lehnte er auch nicht. Alles Suchen im Dämmerlicht des Raumes war vergeblich, der Stab blieb verschwunden! Trotzig beschloss der Zauberer, diese Nacht in der Hütte zu bleiben, um der Sache am Morgen auf den Grund zu gehen.

Er hatte mit dem Feuermachen große Mühe, denn ohne Zauberstab gelang es ihm nicht gleich. Das Teekochen bereitete ihm lästige Arbeit, weil er den Wasserkessel und die Dose mit den Teeblättern nicht sofort fand. Am Brunnen musste er zudem das Wasser selber holen. Endlich hatte er den Tee fertig; erschöpft setzte er sich auf einen Stuhl. Tat das gut, wenigstens etwas Warmes zu haben!

„Was für ein Tag", seufzte er. Er versuchte, sich genau an alles zu erinnern, was sich zugetragen hatte. Ihm kam ein ungeheuerlicher Verdacht: „Der Zauberstab ist gestohlen! Dahinter steckt bestimmt die Elfenkönigin. Na warte!"

Im Schloss war derweil der Zwerg zurück. Er rekelte sich auf dem Sofa in der Halle und grinste. „Endlich ist mir gelungen, es meinem Herrn einmal heimzuzahlen! Ständig behandelt der mich wie einen Sklaven! Er treibt mich schier zur Verzweiflung mit seinen Forderungen! Ich kann mir noch so viel Mühe geben, ständig schimpft er und beleidigt mich!"

Gismut lachte bitter. „Nun sieh zu, Herr, wie mühsam das Leben ist, wenn man nicht zaubern kann!"

Unvermittelt setzte er sich kerzengerade auf. „Wo soll ich den Zauberstab bloß verstecken?" Er kam in Panik. „Auf jeden Fall wird der Herr keinen Winkel im Schloss auslassen, um den Stab zu finden. Wo gibt es ein sicheres Versteck?" Er wickelte den Zauberstab aus dem Lumpen und betrachtete ihn. Die goldenen Muster funkelten im Licht. Gewiss waren es geheime Zeichen.

„Ob auch ich damit zaubern kann?" Mit dem Zeigefinger berührte er behutsam eines der Zeichen. Sein Gefühl der Panik verschwand sofort. „Ich muss es ausprobieren!"

Eilig lief er in die Küche, stellte sich vor den Herd und sprach deutlich den Spruch nach, den er am Mittag gehört hatte.

Dabei hielt er den Zauberstab schräg über den Herd. Sofort setzte sich der Wasserkessel auf die Herdplatte, das Holz im Herd fing zu brennen an, und die Dose mit den Teeblättern kam von selbst mit offenem Deckel auf das Arbeitsbrett.

„Geschafft", jubelte Gismut, „Teekochen gelingt ohne Mühe. Mal sehen, was ich noch kann." Er dachte nach. Ihm fielen ein paar Sprüche ein, die der Zauberer in seinem Beisein öfter gebraucht hatte. Also weiter! Er zauberte sich ein gebratenes Gänsebein und nagte es genüsslich ab. Zum Nachtisch löffelte er Erdbeereis mit Sahne.

Nach dieser Schleckerei wünschte er sich einen langen schwarzen Bart. Im Spiegel betrachtete er sein Gesicht von allen Seiten, fand jedoch, der Bart passte nicht zu ihm. Er konnte ruhig wieder verschwinden. Aber was für ein Spruch gehörte zum Wegzaubern? Er versuchte es mit allerhand Redensarten, der Bart blieb. Er nahm eine Schere und schnitt ihn dicht am Kinn ab, um sich hinterher zu rasieren. O weh, der Bart wuchs sofort wieder zu seiner ganzen Länge.

Nun überfiel Gismut schreckliche Angst. Wie sollte er mit diesem Bart dem Zauberer gegenübertreten? Der merkte doch gleich, was los war! Zitternd betrachtete er den Stab. Er strich über die goldenen Zeichen. Dann flehte er: „Bitte, bitte, lieber Zauberstab, gehorche mir noch dieses eine Mal! Ich will auch nie mehr zaubern. Ich verspreche es. Bitte, bitte, sei gnädig." Er streichelte den Zauberstab sogar: Der schreckliche schwarze Bart war verschwunden!

Glücklich sah Gismut in den Spiegel. Mit dem Stab in der Hand sah er wirklich bedeutend aus, fand er. Sollte er ihn ohne weiteres verstecken? Das Gold leuchtete und blinkte. Die geheimen Zeichen schienen ihm zuzuwinken. Da konnte er nicht widerstehen: Er musste noch einmal zaubern! Er ließ den Besen seine Arbeit tun, ließ sich sein Bett in der Kammer anwärmen, zauberte sich ein weiches Nachtgewand und neue Puschen, in die er sogleich schlüpfte. Zum Schluss suchte er sich einen besonderen Wunsch zu erfüllen, wusste aber eigentlich nicht, was er im Augenblick begehren wollte. Gedankenlos murmelte er einen Spruch des Zauberers vor sich hin.

Da packte ihn etwas. Er wurde mit hoher Geschwindigkeit fortgerissen, dass es nur so um seine Ohren sauste. Den Zauberstab konnte er nicht länger festhalten.

Dann wurde er losgelassen und plumpste auf etwas Weiches.

III

Der Zauberer stand nach einer unruhigen Nacht hungrig und missgelaunt auf. In der Hütte fand er kein Krümelchen zu essen. Zaubersprüche halfen ihm auch heute nichts ohne Stab. Nur Tee konnte er sich ohne ihn kochen.

Voll finsterer Gedanken machte er sich auf die Suche nach der Elfenkönigin. „Sie muss ganz in der Nähe wohnen, wenn sie mit ihren Elfen auf meiner Wiese tanzt und singt", überlegte er laut. „Wo mag ihr Schloss sein?"

Langsam ging er über die taunasse Wiese und besah sich zum ersten Mal in seinem Leben die Blumen genauer. Trotz seiner schlechten Stimmung musste er zugeben, dass sie sehr hübsch aussahen zwischen den Gräsern. Vor allem die blauen Glockenblumen taten es ihm an. Bei einem Grüppchen dieser Blumen blieb er stehen, beugte sich darüber und berührte vorsichtig eine Blüte. Ob das Glöckchen läutete? Es läutete nicht, aber unten aus der Glocke guckte ein niedliches Elfengesicht hervor. „Was verschafft mir die Ehre?", fragte ein Stimmchen. Völlig überrascht stotterte er: „Gu-, guten Morgen. Wo wohnt deine Königin?" „Sie hält am Waldrand in einem Rosenbusch Hof", antwortete das Elflein und zog sich wieder in seine Glocke zu-rück.

„Wie sieht diese Rose aus?", ging es dem Zauberer durch den Kopf. Er hatte keine Ahnung, wo genau er suchen sollte. Aufmerksam schritt er am Waldrand entlang. Dort gab es allerhand Sträucher und Kräuter, dafür weniger Blumen. Ein Dornenstrauch war mit weißen Knospen bedeckt. Als er sich näherte, blieb sein lila Umhang an einem Zweig hängen. Verärgert riss der Zauberer sich los. Ein großes Loch! So ein Missgeschick! Vorsichtiger ging er weiter und kam bald an einen anderen Dornenstrauch. An ihm leuchtete eine einzige große weiße Rose neben all den Knospen. Tautropfen glitzerten auf ihren Blütenblättern wie Edelsteine. Solch eine herrliche Blüte, von Dornenzweigen umgeben, hatte der Zauberer niemals zuvor gesehen. Wohnte hier die Elfenkönigin?

So freundlich, wie er es nur klingen lassen konnte, rief er nach ihr. Aus der Blüte schaute sie sogleich heraus und erkundigte sich: „Was führt dich zu mir?" „Ich muss mit dir sprechen." Weiter wusste er nichts zu sagen, wenn er die Königin nicht gleich beleidigen wollte. Er hatte sie ja in bösem Verdacht, da kann man nur schwer höflich bleiben.
Die Elfenkönigin sah ihn prüfend an. Sie wartete auf die nächsten Worte ihres Gegenübers. „Ähem, ich möchte....ich glaube…, ich habe ein Problem. Mein Zauberstab ist mir gestohlen worden." „Du bist also der Zauberer, der hier in der Gegend das Schloss mit dem Turm besitzt und die Hütte an unserer Wiese", stellte die Elfenkönigin lächelnd fest. „Wie kann ich dein Problem lösen?" „Gib mir den Zauberstab zurück!", verlangte er grimmig. „Dann will ich den Vorfall vergessen." „Das verstehe ich nicht", entgegnete die Königin verwundert, „wie kann ich dir deinen Zauberstab wiedergeben, wenn ich ihn nicht habe?" „Natürlich hast du ihn. Du hast ihn mir gestern gestohlen, als ich ihn in der Hütte liegen

gelassen habe", fuhr sie der Zauberer an. „Wo hast du ihn versteckt?"

Die Elfenkönigin blieb ruhig und lächelte liebenswürdig. „Sieh dich um, ich habe ihn nicht. Was soll ich überhaupt mit einem solchen Stab? Er ist viel zu groß und schwer für mich. Zaubern interessiert mich und meine Elfen gar nicht, wir haben andere Kräfte, um Gutes zu tun." Der Zauberer wollte gerade etwas sehr Unhöfliches sagen, biss sich aber auf die Zunge. Unter ihrem Blick konnte er die Königin nur noch freundlich ansehen. „Entschuldige bitte", sagte er kleinlaut, „ich dachte ...."

„Schon gut", beruhigte sie ihn, „der Gedanke lag vielleicht nahe, denn wir haben gestern auf der Wiese gesungen und du bist dabei eingeschlafen. Um deinen Besitz wiederzubekommen, bleibt dir keine andere Wahl als zu suchen. Ich werde meinen Elfen sagen, dass wir heute anderswo tanzen wollen, damit du nicht abermals einschläfst, sondern gründlich überall nachschauen kannst." Mit diesen Worten zog sie sich in ihre Rosenblüte zurück.

Der Zauberer machte kehrt und stapfte zu seiner Hütte.

Kein Plätzchen in der Hütte, an dem er seinen Stab vermuten konnte, ließ er beim Suchen aus. In der näheren Umgebung draußen fand er den Zauberstab ebenfalls nicht, so sorgfältig er auch jeden größeren Gegenstand mehrmals umdrehte. Schließlich trat er aus seiner Hütte, um zum Schloss zurückzukehren. Der Rabe, den er am Vortag aufgescheucht hatte, setzte sich auf seine Schulter und krächzte ihm etwas ins Ohr. Zunächst verstand der Zauberer kein Wort und schüttelte abwehrend den Kopf. Als der Rabe von vorne anfing, entnahm er dem Krächzen immerhin einen Sinn: Der Zwerg hatte etwas aus der Hütte geholt, das in ein schmutziges Tuch gewickelt war. O, wie wurde der Zauberer da wütend! Ohne dem Raben zu danken, stürzte er den Weg hinauf zum Schloss. Dem Zwerg sollte es ordentlich an den Kragen gehen!

In der Halle rief er laut nach ihm. Nichts regte sich. „Dieser Faulpelz! Liegt der etwa irgendwo und macht ein Schläfchen? Dem werde ich Beine machen! - He, Elender, komm deinen Herrn bedienen!" Nichts rührte sich, so oft er rief und gar tobte. Schließlich machte er sich auf die Suche nach seinem Diener. Weder in der Küche oder im unteren Turmzimmer noch in der Studierstube war der Zwerg zu finden. Nirgendwo im ersten Stock trieb er ihn auf. Auch in seiner ärmlichen Kammer unter dem Dach lag er nicht im Bett.

Er musste aber im Schloss gewesen sein! In der Küche standen ein nicht abgewaschener Teller und ein Becher. Außerdem roch es verführerisch nach Gänsebraten. Leider lag nur der abgenagte Knochen auf dem Tisch. Hatte der Zwerg es etwa gewagt, allein zu essen und ihm nichts übrig zu lassen? Und woher kam überhaupt das Gänsebein für den Braten?

Hungrig wie er war, ging der Zauberer erst einmal auf die Suche nach etwas Essbarem. Er fand Brot und Butter im Schrank und einen Krug mit Himbeermarmelade auf dem Bord über dem Herd. Er bestrich sich damit eine Scheibe Brot und verschlang sie. Dazu trank er einen Rest kalten Tee. Dann legte er sich seufzend aufs Sofa, um nachzudenken.

Viele Gedanken und Fragen wirbelten ihm durch den Kopf. Er verstand die Welt überhaupt nicht mehr: Der Zauberstab war verschwunden. Die Elfenkönigin hatte ihn nicht genommen. Sein Diener, den er jetzt doppelt so gut für alle täglichen Aufgaben gebraucht hätte, war weg. Gab es da einen Zusammenhang? Hatte jemand den Stab genommen und den Zwerg weggezaubert?

„Das kann nur mein Rivale, der Magier aus der Stadt, getan haben! Dem ist alles zuzutrauen", sinnierte er laut. „Wie ist der bloß an den Zauberstab in der Hütte gekommen?" Und was hatte der Rabe angedeutet? Der Zwerg hatte einen Gegenstand in einem Tuch weggetragen. Hatte diese undankbare Kreatur es wirklich gewagt, den Stab wegzunehmen? Das konnte nie und nimmer sein, sein Diener hatte viel zu viel Angst und viel zu viel Arbeit. Was sollte er nur tun? Zuerst den Zauberstab suchen oder erst den Zwerg?

Er beschloss, sich auf den Weg in die Stadt machen. Der Magier dort würde ihm vielleicht weiterhelfen. Immerhin konnte sein Konkurrent ja zaubern, wenn auch sicherlich längst nicht so gut.

IV

Der Zwerg streckte sich wohlig aus. Auf einer so weichen Matratze hatte er noch keine Nacht geschlafen. Blinzelnd öffnete er die Augen, denn die Mittagssonne schien ihm voll ins Gesicht. Wo war er?

Gismut lag in einem großen Himmelbett, dessen Vorhänge zurückgezogen waren. Das Bett stand mitten in einem Raum mit hohen Fenstern. Als er sich genauer umsah, entdeckte er einen kleinen runden Tisch, einen Sessel und einen großen Kleiderschrank mit Spiegeltüren. Auf dem Boden vor dem Schrank lag ein bunter Teppich mit Fransen. Er blieb zufrieden liegen. Neben dem Bett bemerkte er eine verzierte Klingelschnur und zog daran. Irgendwo weit weg hörte er eine Glocke. Kurz darauf trat ein Mann in grüner Kleidung an sein Bett, der ihm in einer großen Tasse heiße Schokolade brachte und gleich wieder verschwand. „Hmmm! Das fängt ja gut an! Solch ein Getränk bekommt nur die vornehme Gesellschaft am Hof des Königs", freute sich Gismut. Andächtig schlürfte er die Schokolade und fühlte sich gleich putzmunter. Er wollte auf Entdeckung.

Vor dem Bett standen seine neuen Pantoffeln. In die schlüpfte er und ging zum Kleiderschrank, um seine Kleider zu nehmen und sich anzukleiden. Er öffnete die Türen – doch welche Enttäuschung: die Fächer waren leer. Nicht einmal ein Taschentuch lag darin. Wie? Sollte er sich im Nachtzeug überall umsehen? Ihm fiel die Schnur am Bett ein. Er zog erneut daran. Entfernt hörte er die Glocke bimmeln. Der Mann in der grünen Kleidung erschien und brachte eine Tasse mit dampfender Schokolade. „Kannst du mir meine Kleider bringen?", fragte Gismut höflich. Der Diener machte eine stumme Verbeugung und entfernte sich. Nach langem Warten wurde der Zwerg ungeduldig und läutete abermals. Der Mann in Grün kam, brachte ihm eine Tasse Schokolade, verbeugte sich und ging zur Tür. „He, ich hätte gern meine Kleider", schrie Gismut ihm nach. Der Mann hielt inne, drehte sich um und betrachtete ihn. „He, du! Kannst du mir nicht meine Kleider bringen, ich will keine Schokolade mehr!" Der Diener machte seine Verbeugung und ging ohne ein Wort aus dem Zimmer.

Da saß der Zwerg nun in dem schönen Raum. Er wartete. Drei Tassen standen auf dem Tisch. Niemand kam. Kein Laut war zu hören. Wohnten denn hier keine Leute? Gab es nur den stummen Diener, der offenbar nichts verstand außer Schokolade zu bringen? Noch einmal läutete er in der Hoffnung, seine Kleider zu bekommen. Der Diener indessen brachte die vierte Tasse Schokolade und verließ den Raum wie zuvor.

Gismut ging auf, dass er hier festsaß, wenn er sich nicht im Nachtgewand überall umsehen wollte. Entschlossen lief er zur Tür und drückte die Klinke nieder. Die Tür öffnete sich nicht. Er rüttelte an der Klinke, trat gegen das Holz, er hämmerte mit beiden Fäusten auf die Tür ein. Das Holz gab keinen Laut von sich, die Tür blieb verschlossen. Er musste es auf andere Weise versuchen.

Er läutete erneut und stellte sich neben den Türrahmen, um am Dienstboten vorbeizuhuschen, wenn der die nächste Tasse brachte. Die Tür öffnete sich, der Mann trat ein. Der Zwerg schlüpfte schnell hinter ihm zur Öffnung, stieß aber mit Nase und Stirn heftig gegen einen festen Widerstand. Obwohl die Tür offenstand, konnte er nicht hinaus. Der Mann in Grün allerdings verließ den Raum ungehindert, wie er gekommen war. Da schrie Gismut vor Wut laut auf: „Ich bin gefangen!" Ja, eingesperrt war er in dem Raum, zur Untätigkeit verdammt. Es gab nichts, womit er sich beschäftigen konnte. Da standen nur die verflixten Tassen. Er aber wollte etwas tun! Sein Leben lang war er an Arbeit gewöhnt. Wütend nahm er eine halbvolle Tasse und warf sie an die Wand. Sollten doch wenigstens Schokoladenflecken die Wände verändern und Scherben auf dem Boden liegen! Die Tasse prallte heil von der Wand ab, sie zerschlug nicht auf dem Fußboden. Sie stellte sich sogar von allein wieder auf den Tisch. An der Wand zeigte sich kein Fleck. Voller Verzweiflung kroch der Zwerg ins Bett, zog sich die Decke über den Kopf und weinte.

Zu eben dieser Zeit machte sich der Zauberer zum Ausgehen fein. Er wählte einen gewöhnlichen Anzug, um in der Stadt nicht unbedingt in seinem lila Umhang aufzufallen. Er kam gut voran auf dem Weg: Kurz hinter dem Wald nahm ihn ein Bauer auf seinem mit Holz beladenem Wagen mit.
Am Marktplatz stieg er ab und ging auf die Suche nach dem Haus seines Rivalen. Er wusste nicht genau, wo es lag, hatte nur gehört, es sei aus rotem Backstein mit einer reichverzierten Tür. Er erkundigte sich bei einer alten Frau nach dem Weg zu diesem Haus. „Das Haus steht nicht weit von hier in der nächsten Querstraße. Es geht darin nicht geheuer zu. Die Leute vermuten, dass ein Magier heimlich verbotene Künste betreibt", raunte sie ihm ins Ohr. „Gute Frau, ich möchte mir das Haus wegen seiner ungewöhnlichen Tür nur ansehen, sei ganz beruhigt." Mit diesen Worten lenkte der Zauberer seine Schritte dorthin. Er klingelte ungeduldig an der Gartenpforte. Ein Diener in grünem Anzug erschien und rief von weitem schon: „Wir kaufen nichts! Betteln verboten!" „Sehe ich so

aus, als ob ich ein Bettler oder ein umherziehender Händler bin?", fragte beleidigt der Zauberer. „Führe mich zu deinem Herrn! Ich habe etwas Wichtiges mit ihm zu besprechen." „Wen darf ich melden?", wollte der Diener wissen, machte allerdings keinerlei Anstalt, die Gartentür zu öffnen, sondern ließ den Besucher davor stehen. „Ich bin... – aber so laut darf ich es hier auf der Straße nicht sagen. Es ist nichts für neugierige Ohren. Melde deinem Herrn, ich bin jemand wie er - aus dem Wald."

Der Diener verschwand im Haus, kam nach kurzer Zeit zurück und führte den Zauberer durch die prächtige Haustür in einen Vorraum. „ Warte hier, mein Herr kommt gleich." Der Zauberer sah sich um. Er überlegte, wie er das Gespräch eröffnen sollte, ohne gleich mit seinem ungeheuerlichen Verdacht herauszuplatzen. „Immer schön höflich", ermahnte er sich, „erst einmal um den heißen Brei herumreden."

„Guten Tag, mein Guter", begrüßte ihn der Magier, „wie mein Zauberstab mir bestätigt, bist du sozusagen mein Nachbar aus dem Wald. Womit kann ich dir dienen?" „Guten Tag und stets gutes Gelingen deiner Kunst", wünschte ihm sein Besucher. „Man nennt mich Magister Mellikor. Ich bin gekommen, um dich um einen Rat oder Gefallen zu bitten, wenn dir das auch ungewöhnlich erscheinen mag." „In der Tat, das ist äußerst ungewöhnlich, wenn ein Eingeweihter nicht mehr weiter weiß. - Nur zu, wo drückt dich der Schuh?"

„Mir ist ein großes Missgeschick widerfahren", begann der Zauberer, „gestern habe ich dem Gesang der Elfen gelauscht und bin dabei ganz vergesslich geworden." „Aha, das kenne ich", fiel ihm der Magier ins Wort, „davor wird niemand, der zaubert, bewahrt. Ob die Elfen von ihrer Macht wissen?" „Das interessiert mich im Moment nicht. - Was ich erzählen wollte: Ich habe den Zauberstab in meiner geheimen Hütte vergessen, bevor ich nach Hause eilte. Als ich ihn dann am Nachmittag holen ging, wurde ich wieder vom Elfengesang eingelullt und bin fest eingeschlafen. Am Abend war der Stab verschwunden." „Hm, das ist eigenartig, denn sicherlich wusste keiner von deiner Hütte." „O, doch. - Du als Kundiger konntest etwas wissen!" „Mag sein", lächelte der Magier, „aber was soll ich mit deinem Stab? Übrigens: ich heiße Abrahamus. Deine Zauberformeln und die Art, wie du mit deinem Stab umgehst, kenne ich nicht. Er würde mir nicht viel nützen. Mit meinem eigenen bin ich weit und breit sowieso der beste Zauberer."

Bei diesen Worten musste sein Gast vom Schloss eine heftige Erwiderung unterdrücken. „Du hast ihn also nicht genommen? Vielleicht - um mich zu ärgern?", fragte er stattdessen lauernd. „Nein, warum sollte ich? Wir kommen uns nicht in die Quere. Du bist keine Konkurrenz für mich", lachte Abrahamus und fuhr fort: „Konnte nicht doch jemand von deiner Vergesslichkeit wissen?" „Ähem - nur mein Diener, ein Zwerg. Der bekam mit, dass ich mir meinen Tee nicht zaubern konnte." „Dann hat der den Stab gestohlen." „Das ist nicht möglich. Mein Diener ist dumm und hat viel zu viele Aufgaben zu erledigen. Aus dem Schloss kann er daher gar nicht fort. Außerdem kennt er ja meine Hütte nicht." „Und wenn er dir", wandte der Magier ein, „heimlich gefolgt ist und so die Hütte entdeckt hat?" „Darüber habe ich nicht nachgedacht", gab sein Gast zu. Ihm fiel das Gekrächze des Raben ein. „Ich werde den Zwerg zur Rede stellen!", rief er entschieden. „Aber der ist verschwunden, einfach nicht aufzufinden." „Das macht ihn doppelt verdächtig. Du musst ihn suchen!"

„Wo soll ich anfangen, die Welt ist groß." „Na, na. Ein Zwerg hat kurze Beine und kommt nicht weit in kurzer Zeit." „Er verschwand vielleicht schon gestern! Was soll ich bloß tun? Hast du nicht einen Vorschlag?" Abrahamus dachte nach. „Lass dir Zettel drucken mit einem genauen Bild deines Dieners und setze eine hohe Belohnung für den aus, der ihn findet. Häng die Zettel an mehrere Bäume der Landstraße und an alle vier Ecken des Marktplatzes. Über kurz oder lang wird jemand ihn dir bringen. Weit wird er mit seinen kurzen Beinen eben nicht gekommen sein." Der Zauberer seufzte tief. Ihm schien die ganze Sache nicht so klar, wie sie dargestellt wurde. Welche Möglichkeit aber blieb ihm?

„Kannst du mir die Zettel nicht zaubern?", bat er kleinlaut. Er beschrieb den Zwerg so gut er konnte: „Er ist schon ziemlich alt, glaube ich. Er ist von kleiner, kräftiger Gestalt mit kurzen, stämmigen Beinen. Er lässt seine grauen Haare kurzgeschoren und hat keinen Bart. Seine dunklen Augen liegen unter buschigen Brauen. Meistens trägt er eine braune Mütze."

Ein Wedeln mit dem Stab, ein Spruch: Schon flatterte eine große Anzahl Zettel mit dem Bild des Zwerges herbei und legte sich wohlgeordnet auf den Tisch. „Vielen Dank für deine Hilfe, du bist sehr gütig", verabschiedete sich der Zauberer. Um einen weiteren Gefallen wollte er nicht bitten, sein Rivale sollte nicht merken, wie gedemütigt er sich fühlte. Lieber nahm er die Mühsal, die Zettel überall selbst anzubringen, auf sich.

Er kaufte auf dem Markt Hammer und Nägel und begann mit der Arbeit.

V

In den nachfolgenden Tagen wurde das Leben für Magister Mellikor richtig schwer. Da er nichts als nur das Zaubern gelernt und dem Zwerg nur selten bei der Hausarbeit zugeschaut hatte, musste er sich mühsam vieles selbst beibringen, damit er zurechtkam. Ganz verloren war er allerdings nicht. Mit der Zeit merkte er durch Zufall, dass einiges sich ohne einen Stab herbeiwünschen ließ, wenn er sich sehr konzentrierte. Das wunderte ihn zwar über die

Maßen, denn davon hatte er nie gehört, aber er freute sich natürlich sehr. Zum Beispiel fiel ihm ein Spruch für Erbsensuppe ein, ein anderer für das Schuhputzen. Jeden Nachmittag nahm er Papier und Feder zur Hand. Er schrieb die Sprüche auf, die ihm einfielen. Danach probierte er aus, ob er mit ihnen ohne Zauberstab Erfolg hatte oder nicht.

Nach und nach kam er etwas besser zurecht. In den Wohnräumen zumindest herrschte Ordnung. Mit dem Essen allerdings hatte er seine Qual. Außer Erbsensuppe und Spinat brachte er nichts zustande. Er musste also im nahegelegenen Dorf Brot und Butter, Käse, Wurst und dergleichen Dinge, die nicht gekocht zu werden brauchten, kaufen. Zum Glück hatte er immer Geld zur Hand, d e r Spruch versagte nie!

Sein jetziges Leben gefiel ihm trotzdem ganz und gar nicht. Er hatte keine Auswahl an Gerichten, hatte niemanden, der ihn bekochte und bediente, den er umherjagen und ausschimpfen konnte. Er war gezwungen, zu Fuß zu gehen, wenn er etwas besorgen wollte. Er wagte sich kaum in die weitere Umgebung, denn er fühlte sich ohne seine gewohnte Zaubermacht hilflos.

Eines Abends saß er am Kaminfeuer und dachte über sein Leben nach. Er erinnerte sich an die Zeit seiner Kindheit, an seine Eltern, die ihm jeden Wunsch erfüllten. Er sah sich mit dem weißen Pudel über die Wiese tollen. Und wie hatte er sein erstes Pony geliebt! Gern erinnerte er sich an die Zeit, als er fast ausgelernt hatte und sein Vater mächtig stolz auf ihn war. Wenn ihm etwas Neues gelang, lächelte seine Mutter ihm glücklich zu. Doch unerwartet waren beide nacheinander an einer unheilbaren Krankheit gestorben. Alle Zauberkunst hatte sie nicht gesund machen können. Allein und verzweifelt war er zurückgeblieben. Er selbst war ebenfalls schwer erkrankt. Der Zwerg hatte ihn gesund gepflegt und versucht, ihm Mut zu machen und ihn zu trösten. Er war diesen

Versuchen schroff ausgewichen. Der Zwerg war ja nur der Diener!

Als er seinen Erinnerungen jetzt nachhing, fragte er sich, ob er damals richtig gehandelt hatte. Der Diener hatte seine guten Seiten gezeigt und offenbar Mitleid mit ihm gehabt. Warum hatte er das nicht ertragen können?

Eine Zeitlang war er in die Welt geflohen, um sich abzulenken und sein Können an der Universität mit allerhand Studien zu erweitern und seine Künste mit denen anderer zu vergleichen. Er hatte gehofft, einen guten Freund zu finden. Jedoch wurde jeder, mit dem er einige Zeit zusammen verbrachte, nur ein unliebsamer Konkurrent. Jeder war außerdem überzeugt gewesen, zaubermächtiger zu sein als er. Das verbitterte ihn. Er selbst hatte stets voller Stolz gefühlt, dass er alle anderen an Wissen und Können übertraf. Den Namen, den ihm ein Kamerad im Scherz gegeben hatte, behielt er bei. Sein richtiger Name erschien ihm für einen Zauberer nicht würdig genug. So hielt er ihn geheim und nannte sich fortan voller Stolz Magister Mellikor. In Gedanken setzt er stets hinzu: der beste Zauberer der Welt.

Hatte er sich zu selbstsicher gefühlt? Zum ersten Mal kamen ihm Zweifel. Er war jetzt so machtlos! Wie sollte sich das je ändern? Sicher nicht, solange er untätig im Sessel saß und sich bemitleidete!

Inzwischen erging es dem Zwerg nicht besser. Noch immer war Gismut in dem Raum mit dem Himmelbett gefangen. Nichts konnte er tun. Der Blick aus den Fenstern zeigte ihm ewig dasselbe: eine langweilige Straße, auf der sich selten ein-mal ein Mensch blicken ließ. Er konnte zwar das Wetter sich ändern sehen, sonst gab es nichts, das ihn ablenkte. Die einzige Person, die er regelmäßig zu Gesicht bekam, war der Diener in Grün, der ihm stumm Tasse für Tasse mit heißer Schokolade brachte. Die mochte er schon gar nicht mehr, er trank notgedrungen einige Tassen, um nicht ganz schwach zu werden. Nach wie vor hegte er die Hoffnung, eines Tages hier herauszukommen.

Die Tassen stapelten sich an einer Wand bereits halb in die Höhe, denn der Diener nahm keine einzige je wieder mit. Wie viele Tassen mochte es in diesem verwünschten Haus geben? Und was würde geschehen, wenn er sehr lange bleiben musste? Im Geiste sah er, wie der Raum enger und enger, wie alle Wände zugestellt wurden, bis die Tassen schließlich das Bett bedeckten. Diese Vorstellung erschreckte ihn aufs äußerste. Er grübelte und grübelte, warum er hier eingesperrt saß. „Was habe ich vergessen?", fragte er sich immerzu, „was ist geschehen, bevor ich aufgewacht bin in diesem Zimmer?" Er fand keine Antwort, so angestrengt er auch nachdachte.

VI

Entschlossen, wenn auch ungern, machte sich Magister Mellikor auf den Weg in die Stadt. Er hatte sich vorgenommen, abermals um Hilfe zu bitten. Diesmal war er gezwungen, den langen Weg zu Fuß zurückzulegen, deshalb kam er erst spät am Marktplatz an. Er begab sich zum Haus des Magiers, mochte aber nicht gleich klingeln, sondern wollte abwarten, bis ihm klar wurde, wie er zum Ziel gelangen konnte. Er setzte sich auf einen niedrigen Gartenzaun in der Nähe, dann schlenderte er langsam die Straße auf und ab. Dabei betrachtete er das Haus. Im ersten Stock fielen ihm drei hohe schmale Fenster auf, hinter denen keine Vorhänge zu sehen waren.

Wie er so hinaufsah, meinte er, jemanden hinter den Scheiben erblickt zu haben. Er richtete den Blick genauer auf diese Fenster. Da! Hinter dem mittleren bewegte sich eine kleine Person und verschwand wieder. Dann ging kurz der Diener in der grünen Kleidung an der Scheibe vorbei. Nach einer Weile sah er noch einmal die kleine Gestalt kurz ans Fenster treten. Sie kam ihm bekannt vor, er konnte sich aber nicht besinnen, wo und wann er sie schon einmal gesehen haben mochte. Augenscheinlich war es ein Kind in einem Nachtgewand.

Magister Mellikor blieb noch eine Weile stehen, am Fenster zeigte sich jedoch niemand mehr. Kurz entschlossen klingelte er. Der Diener öffnete ihm diesmal gleich die Gartentür und führte ihn ins Haus. Er brauchte nicht im Vorraum zu warten, sondern wurde in die gute Stube geleitet.

Der Hausherr begrüßte ihn und bot ihm einen bequemen Sessel an. „Hast du Erfolg gehabt, Magister Mellikor?" „Leider nicht", seufzte sein Besucher. „Zwerg und Zauberstab bleiben verschwunden. Ich brauche deine Hilfe schon wieder." „Wenn ich etwas für dich tun kann, will ich mich gerne nützlich machen, - eine Bedingung ist allerdings dabei. Du wirst mich in dein Schloss einladen und mich mit der Elfenkönigin bekannt machen. Ich wünsche nämlich in einer geheimen Angelegenheit ihren Rat." „Du bist hiermit eingeladen, Abrahamus", versicherte der Zauberer, „du kannst zu jeder Zeit kommen."

Der Diener in Grün brachte jedem eine Tasse heiße Schokolade. „Wie geht es dem da oben?", fragte der Magier seinen Diener. „Ihm geht es schlecht genug", murmelte der Mann und entfernte sich. „Ist dein Sohn krank?", fragte Magister Mellikor, „ich habe eine kleine Gestalt im Nachtanzug am Fenster gesehen." „Ich habe keinen Sohn. Der, den du gesehen hast, ist einer, den Die Unsichtbaren hierher verbannt haben. Er soll in meinem Hause zur Besinnung kommen." „Woher kommt er denn?", wollte Magister Mellikor wissen. „Das weiß ich nicht, ich habe ihn weder gesehen noch mit ihm gesprochen. Er soll allein sein. Unter keinen Umständen darf jemand ein Wort an ihn richten. Die Unsichtbaren haben es so bestimmt. Ihrer Forderung müssen wir Zauberer folgen, wie du weißt."

Beide schlürften nachdenklich ihre Schokolade und schwiegen. Es ging ihnen durch den Kopf, dass diese Mächte im Geheimen über alle Zauberer wachten.

Endlich berichtete Magister Mellikor von seinem elenden Leben ohne Zauberstab. Er fragte sein Gegenüber: „Weißt du nicht, wie ich an einen neuen komme? Oder kannst du mir nicht den gestohlenen herbeizaubern?" „Das will ich gerne versuchen", antwortete Abrahamus. Er holte seinen Stab aus dem Nebenraum und sprach einige geheimnisvolle Worte. Nichts geschah. „Dein Zauberstab scheint stärker als meiner, gebe ich zu. Ich kann nichts tun." Nach einer Weile schlug er vor: „Wenn du in die Stadt B*** gehst, kannst du dir einen neuen besorgen. Ein Mann dort hat welche in seinem Geschäft, wie ich gehört habe. Sie sind frisch und neu, man muss sie sich erst einrichten. Du weißt ja, wie man das macht." „Wo finde ich den Laden?", fragte begierig der Gast. „Das weiß ich nicht, ich bin nie dort gewesen."

Magister Mellikor stand auf. „Danke für deine Mühe und den guten Rat. Ich werde gleich morgen aufbrechen. Wahrscheinlich bin ich erst in einer Woche zurück. Danach magst du auf mein Schloss kommen, wann du willst." Mit diesen Worten verabschiedete er sich und eilte davon.

Oben im Haus saß unterdessen Gismut auf seinem Bett und schlotterte an allen Gliedern. Er hatte vom Fenster aus seinen Herrn gesehen! Der hatte ihn offenbar erkannt. Er war entdeckt! Was würde geschehen? Als sich lange nichts tat, schlich er ans Fenster. Er sah, wie der Zauberer mit großen Schritten das Haus verließ. Warum war sein Herr in dieses Haus gekommen? Gismut zog sich auf sein Bett zurück und wartete voller Angst. Was hatte sein Herr mit ihm im Sinn? Es wurde schon dunkel, da öffnete sich die Tür. Der Diener kam herein mit einer Tasse heißer Schokolade, vor der er sich inzwischen ekelte. Schien es nur so, oder grinste der Diener hämisch?

Um über seine Angst hinwegzukommen, begann Gismut die Tassen neu zu stapeln. Er baute einen Turm aus ihnen, der so hoch wurde, dass er auf den Sessel klettern musste, um die letzten Tassen oben hinzustellen. Mit zitternden Händen fing er an, unten aus dem Turm einige Tassen herauszunehmen. So entstand eine Höhle, in der er sich verstecken konnte. Alle Tassen in den nächsten Tagen wollte er um den Turm herum aufbauen wie eine feste Schutzmauer um eine der alten Ritterburgen, die es noch im Lande gab.

Bis in die Nacht wartete er auf eine Katastrophe, aber sie blieb aus. Er entschied, doch lieber im Himmelbett zu schlafen als in der Höhle unter all den Tassen.

VII

Früh am nächsten Morgen, einem herrlichen Sonnentag, wanderte der Zauberer los. Die Wege durch den Wald und die Landstraßen waren trocken. Er kam gut und schnell voran. Am späten Vormittag wurde er hungrig und müde. Er beschloss, eine Rast einzulegen. Auf einem Baumstumpf breitete er sein sauberes Taschentuch aus. Er zauberte sich die ungeliebte Erbsensuppe.

Während er aß, näherte sich ein junger Mann und schielte verlangend nach der Suppe. Magister Mellikor schaute ihn an, er fühlte sich gestört. Dennoch lud er den Herbeigekommenen schließlich ein, mit ihm die Mahlzeit zu teilen. Da stand überraschend eine zweite Schale auf dem Tuch. Der junge Mann löffelte sie hastig aus.

„Du hast lange nichts in den Magen bekommen", fing der Zauberer ein Gespräch an. „Das ist wohl wahr", antwortete der Bursche. „Ich finde keine Arbeit in dieser abgelegenen Gegend und habe kein Geld, um im Wirtshaus eine Mahlzeit zu bestellen. Die paar Bauern auf dieser Seite des großen Flusses sind alle arm und können nichts abgeben. Der Graf auf dem Schloss jenseits der uralten Brücke unterdrückt sie und fordert ungeheure Abgaben. Sie müssen froh sein, wenn sie sich und ihre Kinder einigermaßen durchbringen."

Prüfend betrachtete Magister Mellikor den jungen Mann: Seinen blonden Schopf hatte der Bursche mit einem Band im Nacken zusammengebunden. Er war unrasiert, doch ein Bart war ihm noch nicht gewachsen. Seine Kleider waren an einigen Stellen geflickt. Sie sahen aus, als ob er darin im Wald geschlafen hatte.

Der junge Mann ließ sich ruhig mustern. Er seinerseits studierte den Zauberer eingehend. „Du kannst mein Diener werden", meinte Magister Mellikor. „Du siehst recht kräftig aus. Regelmäßige Mahlzeiten werden dir bald deine alte Stärke zurückgeben. Du musst sehr fleißig sein und mir aufs Wort gehorchen. Auch darfst du keinem Menschen von mir erzählen."

Verdutzt starrte der Bursche den Zauberer an. Eine seltsame Bedingung, niemandem von seinem Herrn erzählen zu dürfen! Dann ging ihm ein Licht auf: Die zweite Schale mit Suppe hatte auf einmal auf dem Baumstumpf gestanden. Das war die reinste Zauberei.

Ihm wurde mulmig zumute. Sollte er das Angebot annehmen? Sollte er Diener eines Zauberers werden? Da er sehr verzweifelt war, verlockte ihn die Aussicht auf tägliches Essen und Lohn. Er schlug ein. „Ich heiße Hans", stellte er sich vor. „Ich nehme dein Angebot an, Herr. Was soll ich tun?"

„Nun, zunächst begleitest du mich nach B***. Auf dem Weg wird es für dich nicht allzu viel zu tun geben. Nur wachsam sollst du sein, dass man uns nicht überfällt. Suche dir am besten einen festen Knüppel. Ich will noch etwas ausruhen."

Nach einer Stunde zogen die beiden Männer weiter. Als sie sich dem nächsten Ort näherten, ließ der Zauberer Hans zurück, um ihm Kleider zu kaufen. Mit einem Diener in Lumpen wollte er nirgends erscheinen. Sein Begleiter sollte ordentlich und sauber gekleidet sein.

Während er die nötigen Sachen besorgte, wusch Hans sich an einem nahen Bach und ließ sich von der Sonne trocknen. Voller Freude zog er, als sein Herr mit den neuen Kleidern kam, die Hose, den hübschen Bauernkittel und die festen Stiefel an. „Jetzt fühle ich mich wieder wie ein Mensch!", rief er fröhlich. Im Stillen fragte er sich, warum sein Herr die Kleidungsstücke nicht einfach herbeigezaubert hatte. Er tröstete sich mit dem Gedanken, es mit der Zeit herauszufinden. Im Moment freute er sich einfach nur auf sein neues Leben als Diener eines so feinen Herrn.

Am Abend kamen sie in einen kleinen Ort. Magister Mellikor ging mit Hans in das einzige Wirtshaus. Für sich selbst bestellte er das beste Schlafgemach des Hauses, für Hans eine Kammer unter dem Dach. Hans war es zufrieden, er war froh, endlich in einem Bett schlafen zu dürfen. Das Abendessen nahmen sie gemeinsam ein, ohne viel zu reden. Nur nach dem Namen seines neuen Herrn erkundigte sich Hans. „Nenne mich Magister Mellikor", bekam er zur Antwort.

Früh am nächsten Morgen ging es weiter. Sie hatten Glück, eine Postkutsche hielt vor dem Wirtshaus. Die nahm sie mit bis nach B***. In dieser großen Stadt suchten sie zunächst nach einer Herberge. Der Zauberer trug Hans auf, Reitpferde auf dem Viehmarkt zu begutachten. „Ich will inzwischen im Rathaus etwas erledigen", gab er vor.

In Wirklichkeit machte er sich auf, das Geschäft zu suchen, in dem es Zauberstäbe geben sollte. Dabei musste er vorsichtig zu Werke gehen, denn kein Kaufmann würde rundheraus zugeben, solche Ware anzubieten. Zauberstäbe wurden heimlich verkauft.

Er bummelte scheinbar ziellos durch die Straßen und Gassen, sah hier in eine offene Tür, ging dort eine Kleinigkeit kaufen, immer in der Hoffnung, dass irgendetwas ihm verriet, welcher der rechte Laden war.

Als er einen Käseladen betrat, sah er nicht nur allerlei Sorten Käse in den Regalen, Butter in Fässern und Milch in Kannen, sondern gewahrte auch mehrere Spazierstöcke, die halb versteckt in einer etwas dunkleren Ecke lehnten. Aha, hier könnte er Glück haben! Er grüßte den Ladenbesitzer, einen älteren Mann mit Glatze und einem roten Bart: „Schöne Stöcke hast du da, sie sind sicherlich aus der Gegend. Ihre Schnitzereien sind etwas ungewöhnlich, so fein und deutlich. Sie scheinen viel besser als die aus meiner Heimat." „Ja", entgegnete der Ladenbesitzer, „einige Hirten hier haben neben der Käseherstellung das Schnitzen von Spazierstöcken zu einer Art Handwerk gemacht und verdienen damit nicht wenig."

„Darf ich mir den einen oder anderen einmal näher ansehen? Ich möchte nämlich nur den besten kaufen." Der Käsehändler betrachtete den Kunden eingehend. Er bemerkte sofort die vornehme Kleidung. Das blasse Gesicht und die langen schwarzen Haare, die der Herr offen trug und die ordentlich gekämmt waren, fielen ihm vor allem ins Auge. „Das dürfte ein gutes Geschäft werden, wenn dieser Herr einen Stock nach seinem Geschmack findet", freute er sich im Stillen.

Magister Mellokor nahm einen der Spazierstöcke in die Hand, begutachtete ihn, stellte ihn aber wieder zu den anderen. Dann besah er sich den nächsten. Er zögerte. „Ich kann mich nicht recht entscheiden", bemerkte er, „hast du noch andere vorrätig?" „Sicher, mein Herr. Sie dürfen mir folgen und sich umsehen."

Der Rotbart führte den Kunden über den Hof zu einem kleinen Steinhäuschen, dessen Tür mit einem eisernen Riegel und einem starken Schloss gesichert war. „Hier, mein Herr, können Sie sich ungestört alle Stöcke ansehen. Ich werde draußen warten." Mit diesen Worten schloss er das Häuschen auf.

Erfreut ging Magister Mellikor hinein. Ahnte der Ladenbesitzer, dass er ein Zauberkundiger war und in Ruhe die Stäbe ausprobieren wollte, fragte er sich. Hoffnungsvoll sah er sich in dem kleinen Raum um. Verschiedene Stöcke lehnten an den Wänden: Zauberstäbe? Er nahm sich Zeit, nahm einen Stock nach dem anderen in die Hand, versuchte ein wenig, mit ihnen zu zaubern, und prüfte sie dabei. Er entschied sich für einen Stab aus Eichenholz. Der Stab sah schlicht und grade aus, er war ohne Schnitzereien und hatte nur am oberen Ende eine silberne Verzierung. Man konnte ihn für einen eleganten Spazierstock halten.

Auf dem Hof wartete der Käsehändler. Solch ein Aussuchen dauerte seiner Erfahrung nach gewöhnlich einige Zeit. Als der vornehme Herr endlich mit dem neuen Stab das Häuschen verließ, wurden sie sich über den Preis schnell einig.

Zufrieden kehrte der Zauberer zum Wirtshaus zurück. Hans war nicht da, er steckte wohl im Stall bei den Knechten und unterhielt sich sicherlich mit ihnen. In seinem Zimmer schwang Magister Mellikor den Zauberstab ein paar Mal. Der Stab gehorchte ihm recht schnell.

Als Hans nach seinem Herrn sah, fand er ihn im Gespräch mit dem Wirt. Er berichtete, dass er kein Pferd gefunden hatte, das den Ansprüchen eines edlen Herrn genügen konnte. Den Nachmittag und Abend verbrachten Herr und Diener damit, sich die Stadt B*** näher anzusehen. Hans hatte seinen derben Stock dabei, um notfalls seinen Herrn zu verteidigen. Der stützte sich beim Gehen leicht auf den neuen Zauberstab, den wollte er auf keinen Fall unbeobachtet im Wirtshaus lassen. Hans wunderte sich, denn vorher hatte der keinen Spazierstock bei sich gehabt.

An einer Straßenecke mussten sie mit ansehen, wie ein gut gekleideter Bürger brutal auf einen Mann einschlug. Der wehrte sich nicht, sondern bat immerfort um Gnade, er wolle das nächste Mal schneller sein und alle Wünsche seines Herrn aufs Wort erfüllen. Daraufhin beschimpfte der Bürger ihn und gab ihm einen letzten Fauststoß, dass der Diener in die Gosse flog. Dort ließ der Mann ihn liegen und ging fort. „Ein wahrlich brutaler Herr", sagte Hans empört. Magister Mellikor wandte sich ab, ohne die Miene zu verziehen und sagte kein Wort.

Sie speisten zusammen im Ratskeller. Der Zauberer bestellte für Hans einen Krug Wein. Er selbst trank Wasser. „Morgen fahren wir wieder. Die Postkutsche ist gegen Mittag am Stadttor."

VIII

Bis zum Abend trabten die Pferde munter vor der Postkutsche. Der Zauberer und Hans waren die einzigen Reisenden an diesem Tag. Hans saß beim Kutscher auf dem Bock. Er pfiff ein Lied nach dem anderen, denn der Mann schien nicht zum Reden aufgelegt. Sein Herr hatte es sich im Innern so gemütlich gemacht, wie das eben ging auf der holprigen Landstraße. Er wagte es sogar, ein wenig zu zaubern. Es gelang ihm ausgezeichnet. Der neue Stab stellte sich schnell auf die Art ein, mit der er seine Kunst auszuüben pflegte. Bald, so hoffte er, könnte er zaubern wie früher.

In einem Dorf hielten sie vor dem ärmlichen Wirtshaus. „Wollen die Herren hier übernachten?", fragte der Kutscher. „Ich fahre weiter bis in die nächste Stadt, die ein gutes Stück

entfernt ist. Hier wechsele ich die Pferde." „Nein", sagte Magister Mellikor nach einigem Überlegen, „wir reisen weiter mit. In der Stadt gibt es vermutlich ein besseres Wirtshaus als dieses hier. Haben wir Zeit, um etwas zu essen?" „Auf jeden Fall. Der Pferdewechsel dauert etwa eine halbe Stunde."
Herr und Diener gingen in die Wirtsstube. Der Wirt in seiner Schürze stand schon erwartungsvoll da. Er war enttäuscht, dass sie nur speisen und nicht übernachten wollten. Er hatte schon längst eine Mahlzeit und Betten für mehrere Gäste vorbereitet, denn zweimal in der Woche kam die Postkutsche zum Pferdewechsel. Die meisten Reisenden blieben dann aus Angst, nachts überfallen zu werden. Man erzählte sich so allerhand über gefährliche Räuberbanden.
Die Mahlzeit war nicht nach dem Geschmack des Zauberers, denn es gab Rübensuppe. Er fand kein Fleisch darin, sondern nur ein ganz klein wenig Speck. Ohne dass Hans oder der Wirt es merkten, zauberte er dicke Stücke Wurst in die Suppe. Kaum hatten sie gegessen, kam der Kutscher und meldete, dass er bereit zur Weiterfahrt sei. Diesmal kletterte Hans auch ins Innere, denn in der kühlen Nachtluft wollte er nicht neben dem schweigsamen Mann sitzen. An Schlaf war beim Ruckeln der Kutsche nicht zu denken. Beide dösten vor sich hin, solange der Wagen nicht zu sehr schwankte.
Plötzlich blieben sie mit einem Ruck stehen. Die Pferde wieherten ängstlich. Eine Peitsche knallte.

Hans schaute aus dem Fenster. Er sah, wie zwei vermummte Männer den Kutscher vom Bock rissen und ihm einen Sack über den Kopf stülpten. „Halt dich still, dann passiert dir nichts. Wir haben es auf die da drinnen abgesehen. Die müssen ihr Gold und Geld hergeben", knurrte einer der Kerle. „Nicht so einfach sollt ihr davonkommen", schrie Hans aus vollem Hals, „wir sind bewaffnet!"

Die Räuber rissen die Wagentür auf, um die Reisenden heraus zu prügeln. Hans sprang ihnen entgegen. Mit dem Knüppel drosch er auf sie ein. Magister Mellikor rief er zu: „Versteck dich bis der Kampf zu Ende ist!" Der Zauberer, der selbst noch nie in einen Kampf verwickelt war, spürte die Gefahr und verlieh dem Stock, den Hans fest umklammerte, mit einem kurzen Spruch besondere Kräfte.

Zwei Schurken, die die Pferde angehalten hatten, kamen herbei, um ihren Kameraden beizustehen. Sie hielten Messer in der Hand. Hans schwang seinen Knüppel in der Runde. Gegen vier kräftige Kerle, von denen zwei sogar zustechen wollten, hatte er sein Tun. Zwei von ihnen versuchten jeweils gleichzeitig, ihn anzugreifen, während die anderen beiden den Prügeln auszuweichen trachteten. Hans aber drehte sich so schnell im Kreis, dass keiner der Strolche zu dicht an ihn herankam. Einer nach dem anderen bekam den Knüppel empfindlich zu spüren. Ein Mann fiel in den Straßengraben, ein anderer verletzte sich im Fallen die Hand an seinem eigenen Messer. Der derbe Stock sauste unbarmherzig weiter im Kreis.

Die Räuber gaben auf und rannten davon. Hans befreite den Kutscher aus dem Sack und befahl ihm, allein weiter zu fahren. „Ich will für meinen Herrn und mich ein sicheres Versteck im Wald suchen; auf der Landstraße scheint es bei Nacht zu gefährlich."

Er fand Ihn nicht weit entfernt hinter einem hohen Stein. „Bravo", lobte ihn Magister Mellikor „du hast mir sehr wahrscheinlich das Leben gerettet." „War eine nette Prügelei", grinste Hans und lehnte sich außer Atem an den Stein. „Ich wusste gar nicht, dass ich so stark bin. Der Knüppel ist fast von selbst auf die Schurken niedergesaust." Im Dunkeln konnte Hans ein Lächeln seines Herrn nicht sehen.

Es begann zu regnen. „Das kann eine recht ungemütliche Nacht werden. Hier hinter dem Stein können wir unmöglich bleiben", sagte der Zauberer. „Im Wald ist der Regen nicht so schlimm", meinte Hans, „da schützen uns die Bäume. Dort finden wir bestimmt ein trockenes Plätzchen zum Ausruhen. Nach dem Kampf mit den Räubern könnte ich Schlaf gut vertragen."

Es gab keinen Weg durch den Wald, dem sie folgen konnten. Sie stolperten über Wurzeln und umherliegende Äste und kamen nur mühsam voran. Vor einer mächtigen alten Buche, die innen hohl war, machten sie Halt. „Wenn wir uns in die Höhle setzen, haben wir es trocken und warm. Wir können davor ein Feuer machen, um wilde Tiere abzuschrecken." Die Idee gefiel Magister Mellikor. Er kroch in den hohlen Baum. Er fand die Höhlung groß genug für sie beide und zauberte weiche Kissen und Decken. Hans schichtete einige trockene Äste zu einem Haufen. Der Zauberer sorgte für Flammen und für einen großen Krug Bier. So ließ es sich aushalten.

„Du hast die Probe bestanden", sagte er, „du hast mir in der Gefahr treu zur Seite gestanden. Nun sollst du erfahren, mit wem du es zu tun hast. Ich bin ein mächtiger Zauberer. Ich hatte Pech, mein Zauberstab ist mir vor einigen Wochen gestohlen worden. Mein ehemaliger Diener, ein jämmerlicher, fauler Zwerg, ist seitdem ebenfalls verschwunden. Jetzt habe ich meine alte Macht zurück. Wage nicht, gegen meine Befehle zu handeln." Hans schaute seinen Herrn verdutzt an. Drohungen? „Oho", sagte er, „so einfach ist die Sache nicht, Magister Mellikor. Hast du dich nie gefragt, warum der Zwerg verschwand? Hast du ihn ähnlich brutal behandelt wie der Bürger gestern den armen jungen Mann? Das war doch nicht zum Aushalten! Hat es dem Zwerg in deinem Dienst vielleicht nicht länger gefallen, und nutzte er die erste Gelegenheit, als du deine Macht verloren hattest, um sich aus dem Staub zu machen?"

Solche Töne waren dem Zauberer niemals zu Ohren gekommen. Er hob den Arm, um Hans eine Ohrfeige zu geben. Wie vom Blitz getroffen hielt er mitten in der Bewegung inne. „Der Zwerg!", presste er voller Wut hervor, „er hat meinen Zauberstab d o c h genommen!" „Siehst du, dazu wird ihn große Verzweiflung getrieben haben", behauptete Hans. „Warum sollte der Zwerg verzweifelt sein?" „Na, das habe ich gerade eben mit meinen Fragen angedeutet, als du mich ohrfeigen wolltest. Eine harte Behandlung von einem übermächtigen Herrn erträgt ein Diener auf Dauer nicht. Ich habe am eigenen Leib erfahren, was es bedeutet, als Diener schlecht behandelt zu werden. Ich bin aus solch einem Dienst geflohen." Der Zauberer brummte empört vor sich hin und wandte sich zur Seite.

Sie lehnten sich schließlich zum Schlafen in die Kissen zurück, ohne ein weiteres Wort gewechselt zu haben, da hörten sie Äste knacken und gedämpfte Stimmen. Schnell ließ Magister Mellikor das Feuer ausgehen. Sie verhielten sich mucksmäuschenstill und warteten gespannt. Mehrere Personen stolperten - wie sie vorhin - durch das Unterholz.
Mit einem lauten Fluch stürzte ein Mann kurz vor ihrem Unterschlupf auf den nassen Waldboden. Andere Männer, die ihm folgten, versuchten, dem Gestürzten auf die Beine zu helfen. Der schrie vor Schmerz auf. „Hast du dir das Bein gebrochen, Schiefauge?", fragte einer der Männer. „Ich glaube, ja. Wie weh das tut! Das ist viel schlimmer als die Prügel vorhin." Hans konnte sich ein lautes Lachen nicht verkneifen. Die Räuber!
„Da hat wer gelacht", krächzte einer der Männer, „wir sind hier nicht allein. Wir müssen gleich wieder kämpfen!" „Das ist die Bande von Lumpenhannes", vermutete ein anderer, „die sind in der Überzahl. Und das, wo Schiefauge sich das Bein gebrochen hat und uns nicht helfen kann!"

Ohne Magister Mellikor nach seiner Meinung zu fragen, trat Hans auf die Kerle zu. „Wir sind keine Räuberbande. Wir sind die Reisenden, die ihr überfallen habt. Nehmt euch vor meinem Knüppel in Acht, falls ihr auf dumme Gedanken kommt!" Die Räuber traten enger um ihren hilflosen Kameraden zusammen, machten aber keine Anstalten, sich zu verteidigen oder anzugreifen.

„Ihr seid arme Schlucker, ich weiß das", sagte Hans in ernstem Ton. „Das gibt euch allerdings nicht das Recht, Leute zu überfallen und auszurauben. Sucht euch ehrliche Arbeit, damit kommt ihr weiter. – Lasst uns nun zuerst überlegen, was wir für euren verletzten Kumpanen tun können." Ihre Antwort wartete er nicht ab, er beugte sich über den Verletzten, den sie Schiefauge nannten. Behutsam tastete er dessen Unterschenkel ab. Er fand die Stelle, an der er gebrochen war, sofort. „Ich brauche Licht." Wie staunten die Männer, als plötzlich ein Feuer aufloderte. Hans brach einen geraden Ast vom nächsten Baum, riss einen Streifen von seinem neuen Bauernkittel und schiente dem Räuber das gebrochene Bein. „So, nun können deine Kameraden dir wenigstens aus dem Wald helfen, ohne dass dein Bein mehr Schaden nimmt." Den drei anderen Schurken befahl er: „Stützt ihn unter den Achseln, dann wird es schon gehen. Ihr seid ja an Schmerzen und Missgeschick gewöhnt, ihr kommt schon zurecht. Geht morgen zu einem Schäfer, der kennt sich aus mit gebrochenen Gliedern." „Ich kenne einen", sagte Schiefauge, „helft mir schnell weg!" Die Männer, hartgesottene Gesellen, die nur Not und Elend erfahren hatten, entfernten sich ohne Dank.

„Warum hast du sie nicht einfach ihrem Schicksal überlassen?", fragte ärgerlich der Zauberer. „Sie haben uns schändlich überfallen und wollten uns sicherlich ans Leben. Ich verstehe dich nicht." „Du vergisst, in welchem Zustand ich

mich befand, als du mir die Schale Erbsensuppe angeboten hast. Ich war ebenso arm und verzweifelt. Es ist schwer, der Versuchung, ein Räuber oder Dieb zu werden, zu widerstehen. Ich bin dir sehr dankbar, dass du mich zum Diener genommen hast, ehe ich ganz verwilderte." „Das sind Räuber und Mörder!" „Ja, ja, diese Männer sind nun einmal zu Räubern geworden. Ihnen muss es noch schlechter ergangen sein als mir. Sie haben keinen gnädigen Herrn gefunden."
Beide setzten sich wieder in die Baumhöhle. Hans trank einen kräftigen Schluck Bier und fiel bald in tiefen Schlaf.
Der Zauberer fühlte sich unbehaglich. Dass Hans so unverblümt mit ihm redete, gefiel ihm gar nicht und machte ihn wütend. Etwas an Hans gefiel ihm dennoch sehr, nur wusste er nicht genau, was das war.

IX

Nach einem kräftigen Frühstück vor der uralten Eiche brachen sie auf. Es regnete nicht mehr, der Wind hatte den Waldboden nahezu getrocknet. Sie blieben ab und an stehen und lauschten, um zu entscheiden, in welche Richtung sie gehen sollten.
Lange sprachen sie kein Wort. Plötzlich fragte Magister Mellikor: „Warum hast du den Schurken geholfen? Ich verstehe das immer noch nicht." „Ich hatte Mitleid mit ihnen.", gab Hans erregt zur Antwort. „Sie sind aber Räuber und tun Unrecht!" „Das ist wahr", stimmte Hans zu, „dennoch sind sie Menschen, verzweifelte Menschen. Diese Männer wissen sich nicht anders am Leben zu erhalten, als Kutschen zu überfallen. Ich wünschte mir, sie wären klüger und hätten etwas anderes ersonnen, damit sie nicht am Galgen enden."
„Ich kann und kann es nicht begreifen", beklagte sich der

Zauberer. Hans war über so viel Unverständnis besorgt. Er versuchte auf andere Weise seinem Herrn beizukommen und fragte: „Hast du dir jemals Gedanken darüber gemacht, wie sich dein Diener, der Zwerg, gefühlt haben mag, wenn er Tag und Nacht für dich arbeitete und du ihn vielleicht nicht beachtet oder ihn obendrein sogar beschimpft hast? Ich kenne diese Gefühle nur zu gut, ich war lange genug bei einem solchen Herrn in Diensten." „Was hat das mit den Räubern zu tun? Er war kein Räuber, nur ein undankbarer Diener. Er war ein **Diener**!" „Sind Diener keine Menschen? Sie fühlen wie du! Du hast diese Gefühle offenbar mit Füßen getreten. Wundert es dich da, dass der Zwerg verschwand und Rache nahm? Du selbst hast ihn dazu getrieben, dir den Zauberstab wegzunehmen." „Mach dich nicht lächerlich", rief Magister Mellikor ungehalten, „ich habe ihm keinen Grund dazu gegeben. Ich habe ihn niemals geschlagen." „Das glaube ich. - Aber hast du ihn jemals gelobt? Hast du ihm jemals gedankt? Hast du ihn jemals gefragt, wie es ihm geht? Das hätte ihm wahrlich gut getan. Hast du ihn auch nur einmal angelächelt, wie dein Vater oder deine Mutter dich vermutlich anlächelten, wenn du etwas gut gemacht hattest?"

Der Zauberer war entrüstet. Wie konnte sein Diener es wagen, so mit ihm zu reden! Schweigend stapften sie weiter durch das Gestrüpp des Waldes. Hans lächelte verstohlen, als er das nachdenkliche Gesicht seines Herrn sah.

Der rief sich seine Gedanken von vor einigen Tagen ins Gedächtnis, als er sich daran erinnert hatte, wie der Zwerg ihm zu helfen versucht hatte, als er krank und allein war.

Der Wald wurde dichter. Nur selten fiel ein Sonnenstrahl auf das Moos. Hatten sie sich verirrt? Sie blieben stehen und lauschten. Kein Vogel sang, allein das Sirren der Mücken war zu hören. Hans wurde es langsam unheimlich zumute. Er wollte seine Unruhe nicht zeigen, war er doch mit einem Zauberer unterwegs. „Wollen wir nicht rasten und etwas trinken?", schlug er vor. „Auf dem Baumstamm dort können wir ausruhen." Sie setzten sich, und schon stellten sich eine Kanne mit Apfelsaft und zwei Becher neben sie. Durstig tranken sie den kühlen Saft. Hans wischte sich den Schweiß von der Stirn. „Und jetzt dazu ein gebratenes Huhn", seufzte er. Schon lag es neben ihm. Magister Mellikor biss herzhaft in eine große Scheibe Brot mit Schweinebraten.

Sie hatten noch nicht den letzten Happen im Mund, da hörten sie ein Knurren und Hecheln. Sie waren von einem Rudel hungriger Wölfe umzingelt. Mit gebleckten Zähnen schlichen die Tiere dichter heran. Der Zauberer saß vor Überraschung wie gelähmt da. „Mach etwas!", flehte Hans. Er wusste, mit dem Knüppel konnte er gegen die Wölfe nicht viel ausrichten. „Mach Feuer! Verzaubere die Bestien!", schrie er in seiner Angst.

Magister Mellikor löste sich aus der Erstarrung und ließ einen Ring Feuer um ihren Baumstamm herum auflodern. Die Wölfe wichen zurück. In gebührendem Abstand lauerten sie weiter mit hängender Zunge und zurückgezogenen Lefzen. Das Feuer gab den beiden Männern Gelegenheit, Atem zu schöpfen und sich zu beruhigen.

„Das ist fürs erste Rettung im letzten Augenblick", bemerkte Hans erleichtert. „Mit einer solch bösen Überraschung habe ich überhaupt nicht gerechnet! Wie kommen Wölfe hierher?", wunderte sich Magister Mellikor. „Genau wie die Räuber", lachte Hans, „sie haben Hunger und den Bratenduft gerochen. Mich wundert nur, dass es keine Jäger gibt, die sie erlegen. Das würde auch den armen Bauern zugute kommen."

Magister Mellikor dachte nach. „Den Räubern hast du geholfen, warum nicht den Wölfen?", fragte er lauernd. „Wölfe sind keine Menschen", entgegnete Hans. „Auch sie sind lebendige Wesen", gab Magister Mellikor zu bedenken. Er sah Hans prüfend an. Hans überlegte: „Wie könnte man tierischen Räubern helfen? Du kannst sie wahrscheinlich nicht so verzaubern, dass sie nur Gras und Kräuter fressen." „Nein", schmunzelte sein Herr, „sie sind nun einmal als Räuber erschaffen und müssen so leben."

Das Feuer brannte allmählich niedriger. Die Wölfe rückten näher an den Baumstamm heran. In ihren Augen funkelte es gefährlich. Eine Wölfin wagte sogar den Sprung über die Flammen. Hans schlug sie mit dem Knüppel in die Flucht. „Wir müssen uns retten", entschied der Zauberer. „Was schlägst du vor?" „Ich?", rief Hans erstaunt. „Ich kenne deine Macht nicht, weiß nicht, ob du lebende Wesen verwandeln kannst."

„Du willst sie also am Leben lassen?", wollte sein Herr wissen.

„Wenn es möglich ist…"

Magister Mellikor kannte die ganze Macht seines neuen Zauberstabes bis jetzt nicht so genau. Er brauchte etwas mehr Zeit, es herauszufinden. Deshalb ließ er das Feuer erneut hoch auflodern. Die Wölfe wichen wieder zurück und knurrten. Dann hob er seinen Stab und bewegte die Lippen. Ein Schrei in der Ferne, als ob ein großes Tier sich verletzt hatte, war zu hören. Die Wölfe hoben die Köpfe, und so lautlos, wie sie gekommen waren, verschwanden sie. Hans atmete auf. Das Feuer erlosch.

Sie hörten ein Posthorn und waren sicher, das Ende des Waldes bald zu erreichen.

X

Mit wachsender Sorge betrachtete Gismut von seinem Bett aus den ständig höher werdenden Stapel leerer oder halb ausgetrunkener Schokoladentassen. Sie standen schon längst wieder an der Wand und verdeckten sie fast vollständig. „Bald wird die zweite Wand zugestellt sein", sah Gismut kommen. Über Nacht hatte er einen Entschluss gefasst: Er wollte nicht länger untätig herumsitzen!

Weil ihm nichts Besseres einfiel, begann er, aus einigen Tassen die Schokoladenreste zusammen zu kratzen. Die Reste waren steinhart angetrocknet. Seine Fingernägel brachen einer nach dem anderen ab. Kurzerhand zog er den Schlüssel aus dem Schloss des Kleiderschranks und schabte damit die Reste zusammen. Als eine Tasse mit Pulver voll war, wusste er nicht weiter. Er nahm die nächste Tasse in die Hand, starrte sie nachdenklich an. In ihr nahm er einen Rest noch flüssiger Schokolade wahr. Vorsichtig rührte er das Pulver mit dem Schlüssel hinein, bis eine dicke Masse entstand. Daraus knetete er eine Kugel. Nein, so wurde es nichts. Er formte mehrere kleine Kugeln. Mit ihnen konnte er vielleicht spielen, wenn sie getrocknet waren. Abends rollte er sie spielerisch auf dem Tisch hin und her. Richtig hart waren sie nicht geworden, aber klebrig waren sie nicht mehr. Mit dem Schlüssel ritzte er ein Muster in eine der Kugeln. „Das sieht eigentlich ganz hübsch aus und ist eine nette Beschäftigung. Wenigstens keine Langeweile mehr!", murmelte er vor sich hin.

Am nächsten Tag läutete er mehrmals nach einer Tasse heißer Schokolade. Den Diener in Grün wunderte das sehr. Unten meldete er seinem Herrn das veränderte Verhalten des Zwergs. Dem war das egal. Er hatte nur darauf zu achten, dass sich nichts an der äußeren Lage des Eingesperrten veränderte. Was der Zwerg machte, beurteilten Die Unsichtbaren selbst.

Der Diener schaute sich neugierig um, als er das nächste Mal den Raum betrat. Der Zwerg machte einen zufriedeneren Eindruck. Das Zimmer sah auf den ersten Blick wie immer aus: an der Wand stapelten sich die Tassen bis zur Decke. - Aber was war das? Am Fußende des Himmelbetts lag eine ausgehängte Schranktür. Auf ihrer Spiegelfläche waren in regelmäßigen Abständen dunkle Kügelchen aufgereiht. Sie waren auf die unterschiedlichste Weise verziert, wie er, als er näher an das Bett herantrat, erkannte. Obwohl es ihm streng verboten war, irgendetwas anderes zu tun, als heiße Schokolade zu bringen und zu gehen, ließ ihn die Neugier alle Vorsicht vergessen. Er nahm eine Kugel auf, besah sie und stellte fest, dass sie aus Schokolade war. Völlig verblüfft steckte er sie in den Mund. Sie schmeckte herrlich. Vielleicht fehlte nur ein wenig Zucker.

Entsetzt fuhr der Diener zusammen: er hatte gegen den ausdrücklichen Befehl seines Herrn gehandelt! Er stürzte aus dem Zimmer. Er sprang die Treppe hinunter. Zum Glück war sein Herr ausgegangen.

Abrahamus verstand sich selbst nicht mehr. Seit der ungebetene Gast in seinem Hause lebte, hielt er es nie längere Zeit in seiner Studierstube aus. Es zog ihn stets auf den Marktplatz oder ans andere Ende der Stadt in eine Gasse. Dort stand mitten in einem Garten ein schmuckes kleines Haus. Ein weißer Zaun schützte viele Beete mit duftenden Kräutern.

Er trat niemals an den Gartenzaun oder klingelte an der Haustür. Im Gegenteil, er stellte sich hinter den dicken Stamm der Linde, die vor dem Nachbarhaus ihre Krone ausbreitete. Er hoffte, einen ungestörten Blick auf die nette Kräuterfrau werfen zu können, die dort wohnte.

Er hatte sich eines Tages auf dem Markt mit ihr unterhalten, als er ein Mittel gegen Schnupfen an ihrem Stand kaufte. Seitdem ging sie ihm nicht mehr aus dem Sinn. Nachts träumte er von ihr, wie sie sich über die Pflanzen im Garten beugte, um Unkraut zu jäten oder Kräuter zu schneiden. Im Traum lächelte sie ihm liebevoll zu.

Kurzum, er war bis über beide Ohren verliebt. „Wie konnte mir das nur passieren? Mir, dem besten Magier weit und breit!", stöhnte er ein um das andere Mal. „Ob die nette Kräuterfrau es ahnt?"

Sie wusste es längst, denn die Nachbarn hatten ihr natürlich erzählt, dass der feine Herr aus dem schönsten Haus der Stadt sich öfter einmal hinter den Lindenbaum duckte und zu ihrem Haus und Garten hinübersah. Er kam auch regelmäßiger an ihren Stand auf dem Markt, um bei ihr alle möglichen Kräuter in ganz kleinen Mengen zu kaufen. Einer klugen Frau entgeht so etwas nicht.

Sie mochte den feinen Herrn eigentlich gut leiden. Aber da waren die Gerüchte, er sei ein Zauberer, ein Magier. Niemand wusste, was er in seinem Haus tat, ob er sich nicht heimlich mit Bedrohlichem beschäftigte. „Ach was", sagte sie sich eines Tages, „die Leute reden gern, wenn der Tag lang ist. Alles nur dummes Geschwätz!" Sie würde schon selbst herausfinden, wie es um ihn stand. Bei nächster Gelegenheit fragte sie nach der Begrüßung rundheraus: „Mein Herr, Sie kaufen so viele Kräuter, was machen Sie mit ihnen? Sie sind hoffentlich nicht ernstlich krank?"

Der Magier wurde rot und wusste nicht gleich, was er antworten sollte. „Nein, nein", brachte er verlegen hervor, „ich bin nicht krank. Ich bereite mich auf ein Examen in der Apothekerzunft vor." „Sie wollen Apotheker werden? Hier in unserem Städtchen?", fragte die Frau und errötete ihrerseits. Er nickte, bezahlte und ging eilig fort. Die Frau schaute ihm nach. „Ziemlich schüchtern, doch sehr nett", dachte sie bei sich.

Einige Tage nach dieser Begegnung drängte es Abrahamus, seiner Auserwählten ein Geschenk zu machen. Da er in Liebesangelegenheiten unerfahren war, fragte er seinen Diener um Rat.

„Hör mal, Thomas", begann er scheinheilig, „ich habe neulich meinen Neffen getroffen. Er ist sehr schüchtern und möchte das Mädchen seiner Träume durch eine kleine Liebesgabe auf sich aufmerksam machen. Ausgerechnet ich soll ihm sagen, was das sein könnte. Ich möchte meinen Neffen nicht enttäuschen und frage dich: was kann er ihr mitbringen?"

„Ein hübsches Tuch käme wohl erst später infrage", sinnierte der Diener, „wenn die Freundschaft fortschreitet. Ein Haarband ist zu gewöhnlich, das schenken alle jungen Männer ihren Mädchen. Es müsste etwas Ausgefalleneres sein. Sehr kostbar darf es wiederum nicht ausfallen. Es fehlt ein Laden in der Stadt, der für solche Gelegenheiten etwas zu bieten hat."
Er zögerte. „Jetzt im Sommer dürfte man sie mit einem Körbchen schöner Erdbeeren oder Kirschen überraschen. ...Ach, bei Körbchen fällt mir etwas ein: Der Zwerg da oben macht aus den Resten in den Tassen Kügelchen, die er zudem niedlich verziert. Ich habe hin und wieder eins probiert. Sie schmecken köstlich. Vielleicht könnte der junge Mann davon einige mitnehmen."
„Das geht ganz und gar nicht, leider. Die Unsichtbaren werden mich unweigerlich bestrafen, wenn ich ihren Befehlen nicht aufs Wort gehorche! Hüte dich, dass sie dir nicht ebenfalls eine Strafe auferlegen!" „Bis jetzt bin ich ungeschoren davon gekommen", antwortete Thomas unerschrocken. „Wer weiß, Die Unsichtbaren haben ihm vielleicht die Idee in seinen Schädel gelegt. Vielleicht gehört das sogar zu seiner Erziehung?" „Dann geh, und hole mir einige von diesen Kugeln, verpacke sie hübsch in Seidenpapier und lege sie in die kleine runde Schachtel, die auf dem Küchentisch steht." Der Diener ging mit einem Lächeln in die Küche.
Die Idee, die Schokoladenkugeln zu verschenken, gefiel dem Magier, denn er wollte seiner Dame keine Aufmerksamkeit überreichen, die er für sie gezaubert hatte. Er fürchtete, die

Liebe durch Zaubern zu zerstören. Kopfschüttelnd flüchtete er sich in seinen Lehnstuhl. Was war aus ihm geworden!

XI

Magister Mellikor und Hans setzten inzwischen ihre Wanderung zu Fuß fort, obwohl der Zauberer eine Kutsche oder Reitpferde hätte herbeizaubern können. Auf dem Weg zum Schloss unterhielten sie sich ausführlich darüber, wie Herr und Diener miteinander umgehen müssen, um gut miteinander auszukommen. Der Zauberer staunte, wie genau Hans sich auskannte. Er kam sich fast wie ein Schüler vor, dem ein Lehrer sein Wissen mitteilte, obgleich Hans jünger war als er. Nachts dachte Magister Mellikor oft an den Zwerg und schämte sich, dass er ihn so miserabel behandelt hatte. Mit Hans würde er anders umgehen, das nahm er sich fest vor.

Nach drei Tagen erst erreichten sie das Schloss.
Es fehlte nun an nichts mehr, Magister Mellikor konnte herbei zaubern, was er begehrte. Hans war ein rücksichtsvoller Diener und las ihm fast jeden Wunsch von den Augen ab. Wenn sein Herr ihn einmal aus alter Gewohnheit grob behandelte, brauchte Hans nur die Stirn zu runzeln, und sein Herr war sofort zuvorkommend. Dem Zauberer gefiel die neue, freundlichere Art, miteinander umzugehen, außerordentlich. Sogar in der geheimen Hütte wollte er sie nicht missen. Manchmal begleitete ihn Hans deshalb dorthin. Während eines solchen Aufenthalts vernahm Hans eines Tages den Elfengesang. Er allerdings wurde nicht müde, wunderte sich vielmehr, warum der Zauberer bei den lieblichen Melodien einschlief.

Solange sein Herr ruhte, machte er sich in der Hütte nützlich. Er räumte alle Schubladen auf, putzte den Herd und sah nach den Vorräten im Speiseschrank. Dabei fiel ihm ein merkwürdiger Gegenstand in die Hand, den er vorher nie gesehen hatte. Er sah aus wie ein Frosch, war aber aus rötlichem Gestein. Am Abend zeigte Hans den Frosch. Magister Mellikor wich zurück und wurde blass. Er sagte nichts dazu, bat Hans nur, den Frosch wieder an den Platz zu legen, an dem er ihn gefunden hatte.

Einen Frosch fand am nächsten Morgen Abrahamus in der Stadt. Der war aus blauem Edelstein und lag auf seinem Studiertisch. Der Hausherr verstand dies als Aufforderung, das Haus zu verlassen. Seinen Diener nahm er mit. Er fühlte sich gezwungen, sich sogar aus der Stadt zu entfernen. „Das ist eine gute Gelegenheit", dachte er, „endlich meinen Nachbarn auf dem Schloss zu besuchen. Ich habe es mir ja vor Wochen ausbedungen." Er ließ Thomas die Kutsche anspannen. Dann fuhren sie los.

Im Haus des Magiers gingen seltsame Dinge vor sich. Am helllichten Tage wurde es stockdunkel in dem Raum, in dem der Zwerg an seinen Schokoladenkugeln arbeitete.
Gismut erschrak sehr, als er im Dunkeln plötzlich eine Stimme hörte, die ihn fragte: „Wie lange noch willst du dich nicht erinnern?" Woran sollte er sich erinnern? Er hatte sich doch von Anfang an sein Gehirn zermartert mit der Frage, warum er gefangen gehalten wurde. „Erinnere dich, die Zeit deiner Erlösung ist nahe", mahnte die unheimliche Stimme. Auf gut Glück fing Gismut an: „Das Schloss....Mir fällt ein, ich wollte nicht mehr bei meinem hartherzigen Herrn dienen. Was habe ich getan, dass es wahr wurde?" Der Raum blieb dunkel, die Stimme antwortete nicht. „Ich weiß: Der Herr kam nass ins Schloss. ....Ich habe gesehen, dass er nicht zaubern konnte....

warum nicht? ... Ach ja..." Gismut fiel jetzt die ganze Geschichte wieder ein. Er wagte nicht weiterzusprechen.

„Weiter", mahnte die Stimme, „was hast du dann getan?"

„Ich bin.... ich habe.... Ich bin ihm gefolgt. Ich wollte es nicht....doch, ich wollte mich an ihm rächen. Ich habe den Zauberstab in ein Tuch gehüllt. Ich wollte ihn verstecken.... Aber dann habe ich ihn ausprobiert....Es klappte ganz gut, bis mir der Bart nicht mehr abging." Er stockte. Den Rest der Geschichte hätte er am liebsten verschwiegen.

„Weiter!", dröhnte die Stimme im Dunkeln, „Erzähle weiter! Die Wahrheit!" „Ich wusste nicht, was ich tun sollte", setzte Gismut erneut an. „Der Zauberer hätte gesehen, dass ich den Stab weggenommen .... gestohlen,... nein, weggenommen habe. Ich habe ihn nicht gestohlen, denn ich wollte ihn doch nur verstecken! ...Und nun konnte ich mir den Bart nicht wegzaubern. Da habe ich gebeten und gebettelt, mir den Bart wieder wegzumachen." Hier hielt er abermals inne. „Und?", fragte die unheimliche Stimme aus dem Dunkel. "O, hätte ich mein Versprechen, nie mehr zu zaubern, bloß gehalten!" Gismut raufte sich die Haare, sein Verrat stand ihm jetzt deutlich vor Augen. „Dann hätte ich den Stab irgendwann meinem Herrn zurückgegeben und alles wäre gut gewesen. Nein, nicht gut. - Jedenfalls besser als jetzt." Er schwieg verzweifelt.

„Was gefällt dir denn jetzt nicht?", ließ sich nach einem Augenblick die Stimme noch einmal vernehmen, „du hast alles, was du willst: ein weiches Bett, keine Mühe und Verdruss mehr und viel, viel Zeit." „Das alles wollte ich nicht", schrie Gismut zornig. „Ich wollte nie faulenzen oder wie ein Nichtstuer leben! Ich wollte bloß weg von meinem unfreundlichen, gemeinen Herrn und mir neue Arbeit suchen. Und wenn du, wer immer du bist, weißt, wie ich in diesem Raum gelebt habe, dann musst du gemerkt haben, dass ich mit Faulenzen unglücklich werde und mit Langeweile nichts zu

tun haben will!" Er brach in Tränen aus und warf sich auf seinem Himmelbett zurück.
Es wurde schlagartig still, er verlor die Besinnung.

Hans hörte, wie eine Kutsche vor dem Schloss hielt und jemand an das Tor schlug. Ein vornehmer Herr mit seinem Diener in grüner Kleidung begehrten Einlass. Hans bat sie herein, führte sie in die Halle und bot dem Herrn einen der bequemen Sessel an. Den Diener nahm er mit in die Küche. Magister Mellikor war nicht überrascht, denn er hatte längst mit dem Besuch gerechnet. „Willkommen, Abrahamus", begrüßte er den Genossen aus der Stadt. „Was gibt es Neues?" „Ich bin gekommen, wie ich es versprochen habe, und aus einem anderen Grund. Die Unsichtbaren gaben mir ein Zeichen, die Stadt heute zu verlassen." „Mir gaben sie auch ein Zeichen", bemerkte der Schlossherr. „Ich bin sehr in Sorge, was das zu bedeuten hat." „Es bedeutet auf jeden Fall eine wichtige Veränderung im Leben", versicherte der Magier. „In meinem Fall glaube ich zu wissen, dass es nicht mich direkt betrifft, sondern den unseligen Zwerg in meinem Haus. Er hat sich merkwürdig verhalten in der letzten Zeit. Vielleicht hat er seine Strafe zu einem Ende gebracht – zum Guten oder Schlechten."
„Da du gerade von einem Zwerg sprichst..., woher kam der denn?", fragte der Zauberer. „Das weiß ich nicht, ich habe ihn nicht einmal gesehen. Was kümmert mich ein Zwerg!" „Könnte er nicht mein ehemaliger Diener sein?" Abrahamus zuckte mit den Schultern. „Gibt es eigentlich viele von ihnen?", wollte Magister Mellikor nun wissen. „Nur von einigen wenigen habe ich gehört", bekam er zur Antwort, „sie sollen in einem versteckten Goldbergwerk arbeiten, man bekommt sie so gut wie nie zu Gesicht. Du müsstest hier im Wald eher einen treffen." „Es gibt keinen mehr, seitdem

mein Diener verschwunden ist. Wo der wohl Zuflucht gefunden hat?"

„Vielleicht weiß es die Elfenkönigin", meinte der Magier im Nebenbei. Damit war er am Ziel seiner Wünsche, ohne dass er verraten hatte, wie dringend er selbst mit der Königin zu sprechen wünschte. „Dann gehen wir jetzt zu ihr", schlug sein Gastgeber vor, „wie ich mich erinnere, wolltest du sie ebenfalls sprechen. Unsere Diener können uns inzwischen eine gute Mahlzeit vorbereiten."

Die beiden Zauberer verließen das Schloss und begaben sich an der geheimen Hütte vorbei zur Elfenwiese. Die Elfen schienen noch zu schlafen oder sie tanzten anderswo. Ungehindert gelangten beide zu dem Rosenstrauch am Waldrand, wo die Elfenkönigin gewöhnlich Hof hielt.

Auf ihren Ruf hin erschien sie in der Rosenblüte und schaute beide fragend an. Nach einer höflichen und langen Begrüßung meinte Abrahamus: „Bring du zuerst deine Frage vor, sie ist für mich ja kein Geheimnis. Ich möchte danach mit der Frau Königin allein sprechen."

„Es geht um die Zwerge und um meinen Diener im besonderen", begann Magister Mellikor: „Weißt du, wo die Zwerge leben?" „Ja, das ist bekannt." Die Elfenkönigin betrachtete ihn prüfend. Dann lächelte sie. „Du willst ihnen nichts Böses antun, das sehe ich. Die Zwerge arbeiten in einem Goldbergwerk, das in den Bergen hinter der Stadt B*** versteckt liegt. Dein Diener ist nicht bei ihnen. Er musste wegen Zauberei und Verrat eine lange Strafe ertragen und eine harte Prüfung bestehen." „Also doch!", platzte der Zauberer heraus. „Er hat meinen goldverzierten Stab genommen. Ich verstehe nur nicht, was das mit Zauberei zu tun hat." Er blickte die Königin unsicher an. „Halt! - Er hat versucht mit meinem Stab zu zaubern!", rief er aus. „So etwas lassen Die Unsichtbaren nicht zu. Sie haben den Stab an sich genommen.

Deshalb konnte Abrahamus ihn mir nicht herbeizaubern." Die Königin nickte. „Heute ist der Zwerg erlöst worden. Zu dir kehrt er nicht zurück. - Er war es übrigens, den du am Fenster im Hause deines Genossen gesehen hast."
Beide Zauberer sahen einander überwältigt an. Woher wusste sie das alles? Stand sie mit den Unsichtbaren in Verbindung? Fragen mochten sie die Königin nicht danach.
Magister Mellikor freute sich einstweilen, dass die Rätsel um sein Eigentum gelöst waren, entfernte sich nach einer tiefen Verbeugung und ging, um in der geheimen Hütte auf seinen Besucher zu warten.
Abrahamus stellte nun sein Begehren der Elfenkönigin vor: „Ich habe ein anderes Anliegen. Es ist für mich von großer Wichtigkeit, denn es geht um entscheidende Veränderungen in meinem Leben." „Die Liebe", strahlte ihn die Elfenkönigin an, „die Liebe ist in dein Leben getreten. Das widerfährt Zauberern nicht oft." Verlegen trat er von einem Bein aufs andere. „Was soll ich tun?", fragte er kläglich.
„Das musst du selbst entscheiden. Ich kenne die Frau, die du liebst, sie ist eine Heilkundige, sie weiß um die Wirkung der Kräuter. Wenn ein Zauberer sich mit einer solchen Frau verbindet, ist er gezwungen, das Zaubern für immer aufzugeben. Die Frau wird sonst für eine Hexe gehalten und schwer bestraft werden. Wenn du sie heiraten möchtest, ist es also mit der Zauberei ein für alle Mal vorbei. Finde heraus, ob du das wirklich willst."
„Das will ich ja, aber was kann ich tun?" „Suche dir ein anderes Auskommen. Du bist nicht mehr so jung, dass du einen Beruf noch von Grund auf erlernen kannst. Wenn du mit einem letzten Zauber das nötige Wissen erlangst, wird es schon mit der Meisterprüfung ein gutes Ende nehmen. Vernichte danach den Zauberstab und versuche alle Zaubersprüche zu vergessen. Die Unsichtbaren verzeihen nicht, wenn ein Versprechen gebrochen wird, wie du am Schicksal

des Zwerges gesehen hast. Überstürze nichts, sondern prüfe
gründlich deine Gefühle und Wünsche."

XII

Vogelgezwitscher weckte Gismut. Er lag in einer Kammer auf
einem kleinen Bett. Vor dem Fenster stand eine hohe Linde,
deren Blätter im Wind rauschten. Als er ans Fenster trat, sah
er in eine Gasse. Ein schmuckes Häuschen stand gegenüber in
einem Garten mit vielen Beeten, in denen Kräuter wuchsen.
Am weißen Zaun rankten bunte Winden.
In der Schlafstube fand er auf einem Stuhl Kleider in seiner
Größe und eine weiße Schürze. Er zog sich schnell an und trat
an die Tür. Sie war nur angelehnt. Er gelangte ungehindert in
den Flur. Eine weitere Tür stand weit offen und zeigte ihm
eine behaglich eingerichtete Wohnstube mit einem Kachel-
ofen in der Ecke. Am Ende des Flurs gab es eine weitere Tür.
Neugierig drückte er die Klinke, öffnete sie und betrat einen
Laden. Er sah sich um und entdeckte auf dem Ladentisch
Schokoladenkugeln auf irdenen Tellern. Verwirrt starrte er sie
an.
An der Rückwand des Ladens befand sich ein Bord. Darin
lagen Säcke voll Kakao, Mandeln und Nüssen und mehrere
Zuckerhüte. Ein offener Durchgang führte in eine Küche. Auf
dem niedrigen Herd standen kupferne Kessel. Kochlöffel und
Kellen hingen in einem Gestell neben dem Herd. Auf einem
langen Arbeitstisch sah er einen Stapel sauberer Holzbretter
und eine Rolle weißes Papier. Spitze Tüten hingen an einem
Faden an der Tischkante.
Gismut rief mehrmals laut: „Hallo", merkte aber bald, dass er
sich allein im Haus befand. Er trat vor die Ladentür. Zu seinem

Erstaunen war darüber ein Schild angebracht, auf dem zu lesen stand: DER KLEINE ZUCKERBÄCKER.

XIII

Zu Hause stieg Abrahamus sofort in das obere Stockwerk seines Hauses und trat in den Raum, in dem der Gefangene die letzten Wochen verbracht hatte. Der Raum war leer. Das Bett war ordentlich gemacht, die Tassen waren verschwunden. Die Tür des Kleiderschranks befand sich mitsamt dem Schlüssel im Schloss an ihrer vorgesehenen Stelle. Die Spiegel der Türen glänzten. Nichts erinnerte daran, dass hier bis zum Vormittag der Zwerg gelebt hatte.
Voller Genugtuung, den aufgezwungenen Gast losgeworden zu sein, befahl er seinem Diener, Handwerker zu bestellen, die das Zimmer für eine Frau herrichten sollten nach der neuesten Mode, ohne allzu viel Schnickschnack. Zaubern durfte er bei der Umgestaltung des Raumes nicht, denn er wollte prüfen, ob er sein Leben ohne Zaubern ertrug.

In den Wochen, in denen die Handwerker das sonst so ruhige Haus mit ihrem Lärm erfüllten, ging der Magier zu einem gelehrten alten Mann, von dem er sich in der Kräuter- und Heilkunde unterrichten ließ. Er fand es mühsam, die unterschiedlichsten Pflanzen beim Namen zu kennen. Weitaus schwieriger war es für ihn, ihre Heilwirkung für die verschiedenen Krankheiten zu bestimmen. Da er sich jedoch in den Kopf gesetzt hatte, das zu werden, was er in seiner Verlegenheit der lieblichen Kräuterfrau auf dem Markt als Beruf genannt hatte, ließ er es an Fleiß nicht fehlen. Er lernte verbissen bis tief in die Nächte im Schein vieler Kerzen.

Sein Diener stöhnte über das veränderte Leben. Thomas hatte mehr zu tun als vorher, musste auf dem Markt einkaufen und aus dem bescheidenen Angebot ebenso raffinierte Speisen zubereiten wie in jenen Tagen, als noch gezaubert wurde. Er hoffte sehr, dass sein Herr bald eine Frau ins Haus brachte, die ihm einen Teil der Entscheidungen abnehmen konnte.

Die Kräuterfrau wunderte sich ebenfalls. Sie sah den netten Herrn auf dem Markt nur selten. Wenn er einmal kam, brachte er ihr eine kleine Aufmerksamkeit mit. Es waren nicht mehr die Schokoladenkugeln, sondern einmal ein Bild von einem Heilkraut, ein andermal ein Büchlein mit Versen.
Eines Tages war der Magier auf dem Weg, die Frau in ihrem Haus zu besuchen. Er staunte nicht schlecht, als er im Nachbarhaus neben der Linde einen Laden mit dem Schild DER KLEINE ZUCKERBÄCKER sah, der sich dort früher nicht befunden hatte. Neugierig trat er näher und spähte durchs offene Fenster. Er entdeckte im Hintergrund einen sehr kleinen Mann mit grauem Haar und einer weißen Schürze, der Schokoladenkugeln in eine spitze Tüte füllte, sie auf der Waage wog und einer Frau verkaufte. „Das kann nur der Zwerg sein, der in meinem Haus eingesperrt war", überlegte er. „Die Unsichtbaren scheinen es gut mit ihm gemeint zu haben".

Die Kräuterfrau war nicht im Haus, er klingelte und klopfte vergeblich. Er ging um das Haus am Gartenzaun entlang und entdeckte sie gebückt in einem Beet mit blauem Lavendel. Sie trug einen hellen Strohhut auf dem Kopf und hatte eine Schürze über ihr Kleid gebunden. Er betrachtete sie eine Weile, dann ging er wieder fort. Am nächsten Tag stand sein Entschluss fest. Er schrieb einen Brief an die Apothekerzunft in B*** und bat um einen Termin für die Meisterprüfung.

Dann ging er entschlossen zum Marktplatz und bat die Kräuterfrau um eine Unterredung am Abend.

In ihrem Haus saßen sich die Kräuterfrau und der Magier in der Dämmerung gegenüber. Sie hatte den Tisch in der Stube mit Blumen und Kerzen geschmückt und Teetassen bereit gestellt. Pralinen vom Zuckerbäcker gegenüber lagen in einem kleinen Silberkörbchen.

Beide waren sehr verlegen. „Ich heiße Abraham." Er holte ein kleines Kästchen aus der Tasche und drückte es ihr in die Hand. „Ich bin gekommen", nahm er all seinen Mut zusammen, „um zu fragen, ob du meine Frau werden willst."

„Ich bin Isabella. - Dein Antrag kommt sehr überraschend." Sie legte das Kästchen ungeöffnet an die Seite und schenkte Tee ein. „Ich sage nicht gleich ja oder nein. Ich muss zuerst wissen, ob das, was die Leute erzählen, wahr ist."

Abrahamus rutschte unruhig auf seinem Stuhl hin und her.

Endlich gab er sich einen Ruck. „Ja", sagte er entschlossen, „das ist wahr. Aber nicht mehr lange. Wenn du mich heiratest, Isabella, dann gebe ich das Zaubern auf und werde Apotheker, wie ich es dir einmal angekündigt habe. Damals habe ich es nur so dahin gesagt, heute ist es mir heiliger Ernst." Als Isabella schwieg, fuhr er fort: „Ich habe bei einem gelehrten Mann fast alles über Kräuter und ihre Heilwirkung gelernt. Prüfe mich, wenn du magst. Ich weiß, wie man Salben anrührt, Pillen dreht und Tinkturen mischt."

Isabella reichte ihm den Tee.

„Ich habe heute nach B*** an die Zunft geschrieben und mich zur Meisterprüfung gemeldet. Ich will es wirklich wahrmachen. Ich liebe dich sehr und kann mir ein Leben ohne dich nicht mehr vorstellen!" „Abraham, kannst du dir denn ein Leben ohne Zauberei vorstellen?" „O ja, ich habe seit Wochen nicht mehr gezaubert. Es fiel mir nicht schwer. Ich musste stets an dich denken! Wenn ich die Meisterprüfung bestanden habe…, wollen wir dann gemeinsam den Zauberstab in deinem Garten verbrennen?" „Ja. Danach darf ich dich heiraten", antwortete Isabella. „Ich habe dich sehr gern, Abraham, und möchte an deiner Seite leben." Sie sahen sich erleichtert an, lächelten sich zu und führten beim Tee ein langes Gespräch.

XIV

Es klopfte ans Schlosstor. Als Hans öffnete, stand niemand davor. Er wollte es schon schließen, da sah er einen Korb auf der Schwelle stehen. Er nahm ihn auf und fand darin eine bunte Schachtel. Verwundert trug er den Korb in die Halle.
Magister Mellikor nahm die Schachtel und hob den Deckel. Fein säuberlich in Papier eingewickelt lagen zwölf Kugeln darin. Er wickelte eine aus, sie war mit einem niedlichen Muster verziert. Beim näheren Hinsehen erkannte er, dass sie aus Schokolade war. Er probierte die Kugel und gab auch Hans eine zum Kosten.
Wer hatte sie vor das Tor gelegt? Woher kamen sie? Hans untersuchte die Schachtel genauer, fand aber keinerlei Hinweis. Magister Mellikor nahm das Körbchen vom Tisch. Da fiel ein Brief heraus. Er öffnete ihn und las aufmerksam, was darin stand. Als er zu Ende gelesen hatte, wischte er sich eine Träne ab. Hans sah ihn an und wartete. Der Zauberer schob ihm den Brief hin.

Lieber Herr,
diesen Brief schreibt dir dein ehemaliger Diener, dein Zwerg. Ich habe Unrecht an dir getan, was ich sehr zu bereuen gelernt habe. Ich war wütend auf dich und habe den Zauberstab genommen. Ich wollte ihn für immer verstecken.

Ich habe ihn stattdessen missbraucht und habe mit ihm gezaubert. Jetzt ist er wohl verschwunden und du hast einen Teil deiner Macht verloren, wie ich fürchte. Bitte, vergib mir meine unbedachte Tat. Ich will tun, was ich kann, um dich zu versöhnen.

Durch eine harte Prüfung bin ich gegangen. Erst als ich mein Unrecht eingestehen konnte, wurde ich erlöst und belohnt. Ich habe jetzt eine Tätigkeit gefunden, mit der ich vielen Menschen eine Freude mache. Ich habe in der Stadt einen kleinen Laden, wo ich diese Kugeln herstelle und verkaufe.

Ich würde gern einmal auf das Schloss kommen, aber ich wage nicht, dir unter die Augen zu treten, denn mein Anblick muss dir verhasst sein. So wünsche ich dir mit diesem Brief deine alte Macht zurück, wenn das etwas nützt.

Lebe wohl.

Der zerknirschte Zwerg Gismut

Hans war ebenfalls gerührt.

„Wir sollten ihn besuchen", meinte er nach einer Pause, „oder wenigstens ich, denn mich kennt er nicht. Ich könnte ihm Grüße von dir bestellen, Herr, oder sonst eine Botschaft."

So geschah es, dass ein paar Tage später ein junger Mann im Laden DER KLEINE ZUCKERBÄCKER auftauchte und eine Tüte Schokoladenkugeln verlangte. Der Zwerg dachte, er sei ein neuer Kunde oder ein Reisender, der von seinem Geschäft gehört hatte.

„Woher kommst du?", fragte er neugierig beim Abwiegen der Tüte, „gibt es in deiner Stadt auch einen Zuckerbäcker?"

„Nein, ich bin aus keiner Stadt, ich komme aus dem Wald", antwortete Hans. „Ich bin nicht zufällig hier. Mein Herr lässt dir sagen, du bist im Schloss willkommen, und Dank für das Körbchen."

Gismut machte große Augen. Er hatte nie mit einer Antwort des Schlossherrn gerechnet. „Wie geht es ihm", brachte er heraus, „ist er gesund? Hat er, was er braucht?" Hans erzählte, was der Zwerg wissen wollte. Er versicherte: „Es geht meinem, unserem Herrn ausgezeichnet, ich bin sein neuer Diener. Mein Herr ist ein rücksichtsvoller Mensch geworden und hat dir alles verziehen." Er verriet ihm zudem, wie gerührt Magister Mellikor über den Brief gewesen war.

Überglücklich fragte sich Gismut, was seinen ehemaligen Herrn so verwandelt hatte. Hans las ihm die Frage an der Nasenspitze ab: „Die Mächte, die dich bestraft und geprüft haben, haben ihn wahrscheinlich verändert. Mir kommt es so vor, ich durfte dabei ein wenig mitwirken." „Welch ein Glück, dass er dich gefunden hat!", rief der Zuckerbäcker voller Freude, „lass dich umarmen!" Er fiel Hans um den Hals.

An einem Sonntagnachmittag war Magister Mellikor wieder einmal vor seiner Hütte eingeschlafen. Die Elfen sangen auf der Wiese. Ihre Königin tanzte nahe an die Füße des Zauberers heran und betrachtete ihn. Er sah freundlich aus im Schlaf, er hatte ein Lächeln auf den Lippen.

Plötzlich ertönten Trippelschritte auf dem Weg. Zögernd kam Gismut heran. Er trug seine Sonntagskleider. Vorsichtig schaute er sich um, bemerkte die Elfenkönigin aber nicht. Er blieb vor seinem ehemaligen Herrn stehen und schaute ihn lange an. Der trug den vertrauten lila Umhang und seinen spitzen Hut. Irgendwie wirkte er aber anders als früher.

Gismut sah ihn von verschiedenen Seiten an, konnte indes nicht feststellen, was an dem Zauberer verändert war, bis er das Lächeln in seinem Gesicht wahrnahm. So hatte der Zwerg ihn nie gesehen. Er verhielt sich ganz still.

Dann erst erblickte er die Elfenkönigin, verneigte sich tief, wagte jedoch nicht, sie laut anzureden, um seinen ehemaligen Herrn nicht aufzuwecken. „Gleich wirst du mit ihm sprechen können. Ich werde die Elfen auf eine andere Wiese führen." Er nickte ihr zu. „Du hast die Veränderung bemerkt", hörte er die Elfenkönigin sagen, „gleich wirst du mehr gewahren. Die Unsichtbaren, die dich geprüft haben, haben ihn verändert."

Magister Mellikor erwachte. Überrascht sah er auf Gismut. „Sei willkommen", redete er ihn an. „Ich freue mich, dich wiederzusehen." „Ich bringe dir…" fing Gismut an und hielt ihm eine Schachtel entgegen. „Ich habe dir längst verziehen", fiel ihm Magister Mellikor ins Wort. „Ich war kein angenehmer Herr für dich. Ich möchte mich bei dir entschuldigen, Gismut." Der Zwerg wurde vor Freude ganz aufgeregt. „Aber Herr, das ist nicht nötig!" „Doch", sprach der Zauberer ernsthaft. „Wir beide führen ein anderes Leben als zuvor. Du bist dein eigener Herr. Du arbeitest zu deinem Vergnügen und zur Freude der Stadtbewohner. Ich habe meine volle Macht zurück und Hans, meinen neuen Diener. Er hat mich geduldig zur Besinnung gebracht." „Da haben auch dir Die Unsichbaren geholfen?" fragte Gismut. „Das mag schon sein."
Magister Mellikor kam der Gedanke: Hans war wohl nicht zufällig zu ihm gestoßen. War er dazu ausersehen, ihm beizubringen, dass man durch Mitgefühl und Freundlichkeit Freunde findet? Als einen Freund betrachtete er Hans schon längere Zeit, wenn der auch sein Diener blieb.
„Weißt du, wo mein alter Stab hingekommen ist?", fragte der Zauberer nach einer Pause. „Nein. Seit meinem letzten Wunsch habe ich ihn nicht mehr gesehen", antwortete Gismut. „Nun, ich habe mir einen neuen gekauft. Er ist nicht so prächtig, aber ebenso gut wie der alte. Ich nehme an", fuhr der Zauberer fort, „die Mächte, die dich in die Gefangenschaft brachten, haben ihn an sich genommen."
Er lud den Zwerg in die Hütte zu Tee und Kuchen. Dort unterhielten sie sich sehr lange. Sie sprachen sich ausführlich über die Zeit aus, in der sie noch Herr und Diener gewesen

waren. Gegen Abend schieden sie ohne Groll, fast als Freunde voneinander.

XV

Der Magier war schon eine Weile „Meister Abraham", der neue Apotheker in der Stadt. Ohne ein letztes Zaubern war es ihm gelungen, die Meisterprüfung zu bestehen. Seine Apotheke hatte er in einem alten Fachwerkhaus am Marktplatz eröffnet. So war er seiner Isabella nahe, wenn sie ihre Kräuter feilbot.

In ihrem Haus entsagte er eines Abends der Zauberkunst auf immer. Er schrieb sein feierliches Versprechen, nie mehr zu zaubern, mit blauer Tinte auf besonders feines Papier. Das gab er ihr zur Aufbewahrung. Sie rollte es sorgfältig zusammen, band ein blaues Band darum und legte es in eine kleine Truhe zu anderen Kostbarkeiten. Ein zweites Papier mit denselben Worten wickelte Meister Abraham um den Zauberstab. Im Garten zwischen den Lavendelkräutern häuften sie Holzkohle in der Mitte des Beetes auf. Mit einer Fackel zündete Meister Abraham die Kohle an. Als die Glut heiß war, legte er den Zauberstab mit dem schriftlichen Versprechen darauf. Sie sahen schweigend zu, wie beides verbrannte. Ein grünliches Feuer verschlang den Stab. Rauch stieg nicht in die Luft. Abraham und Isabella hielten sich fest an den Händen und sahen in die grünen Flammen, die langsam erloschen. Dann küssten sie sich. „Bist du glücklich?", fragte Meister Abraham. Isabella sagte nichts. Sie drückte zärtlich seine Hand und sah ihn liebevoll an.

Zwei Wochen später begannen die Vorbereitungen für die Hochzeitsfeier. Die Einladungen an alte Freunde und Nachbarn, an den Amtmann, an Magister Mellikor, den Schuster und den Arzt wurden verschickt, der große Hochzeitskuchen bestellt. Ein kleiner Schatten nur fiel auf die Vorfreude: Antonia, Isabellas beste Freundin, konnte nicht Brautjungfer sein. Sie weilte mit ihrem Mann im Ausland.

Im Laden DER KLEINE ZUCKERBÄCKER hatte Gismut Tag und Nacht zu tun, all die Schokoladenkugeln und das Marzipan zu verzieren und Pralinen mit Mandeln und Nüssen herzustellen, die das Paar für seine Gäste bestellte. Auch er war eingeladen. Das wunderte ihn ein wenig, denn Meister Abraham und er kannten einander nur flüchtig. Es schien Sitte in dieser Stadt, Händler und Kaufleute einzuladen, wenn einer von ihnen feierte.

Am Hochzeitstag strömten die Bürger unter dem Läuten der Glocken zur Kirche, um das Brautpaar zu sehen. Viele konnten sich nicht erklären, warum sie den Apotheker jemals für einen Magier gehalten hatten. Als Zauberer wäre er doch niemals zur Hochzeit in die Kirche gegangen! Da kam das Brautpaar in einer Kutsche. Meister Abraham half seiner Braut heraus und geleitete sie zur Kirchentür.

Mit dem einsetzenden Orgelspiel betraten sie die Kirche: ein feiner reicher Herr und eine liebliche Dame, die kaum als die einfache Kräuterfrau wiederzuerkennen war, so vornehm war sie gekleidet. Sie trug ein besticktes Seidenkleid und einen kurzen Schleier. An ihrem freundlichen Lächeln erkannten sie alle trotzdem. Ungewöhnlich fanden es manche, dass sie statt roter Rosen nur Myrte und blaue Lavendelblüten im Brautstrauß trug.

Nach der feierlichen Vermählung traf sich die geladene Gesellschaft im Wohnhaus des Apothekers. Hans und Thomas hatten alle Hände voll zu tun, die Gäste zu bewirten. Der Zuckerbäcker wunderte sich, warum der Diener, der ihm ständig heiße Schokolade gebracht hatte, hier heute bediente.

Abseits am Fenster unterhielt Gismut sich mit Magister Mellikor. Wer zufällig ihren Worten lauschte, konnte sie alte Erinnerungen austauschen hören. Als Meister Abraham sich den beiden näherte, mischte sich Magister Mellikor unter die anderen Gäste. Der Zuckerbäcker beglückwünschte den Apotheker und wünschte ihm und seiner Frau eine gute Zukunft. Meister Abraham dankte ihm und fragte: „Kennst du dieses Haus?" „Ich bin schon einmal an ihm vorbeigegangen. Warum fragst du?" „Du bist im oberen Stockwerk dieses Haus eingesperrt gewesen. Ich durfte und wollte dich nicht sehen und kennenlernen. Jetzt freut es mich, dass ich dich in meinem Hause begrüßen kann. Du hast mir Glück gebracht."

Überrascht schaute Gismut Meister Abraham an. „Dein Diener ist mir heute aufgefallen. Ich wäre nicht auf den Gedanken gekommen, dass Die Unsichtbaren das Haus eines Apothekers für ihre Zwecke aussuchen könnten." „Es war eben nicht das Haus eines Apothekers. Ich gehörte damals zu der Gemeinschaft, zu der dein ehemaliger Herr gehört."

„Du warst Zauberer? Wie bist du dann Apotheker geworden?" „Durch deine Schokoladenkugeln", lachte Meister Abraham. „Sie haben mir geholfen, Isabella, meine Frau, auf mich aufmerksam zu machen, als ich mich in sie verliebt hatte. Das begann, gleich nachdem du in mein Haus kamst. Offenbar durfte ich nicht länger Zauberer bleiben."

Nun verstand der Zwerg, warum er eingeladen war.

„Verrate bitte niemandem, was ich dir eben anvertraut habe", bat der Apotheker, „einige Bewohner der Stadt sind weiterhin misstrauisch. Meine Frau soll nicht darunter leiden, dass immer noch geargwöhnt wird, ich hätte es mit der Zauberei." Das versprach Gismut aus vollem Herzen.

Musik ertönte. Das Brautpaar eröffnete den Tanz. Alle klatschten in die Hände, bevor sich andere Paare einreihten.

Teil II

Freunde

I

Auf der Fahrt zurück zum Schloss lehnte sich Magister Mellikor müde auf der Wagenbank zurück und zog die Decke fester um seine Beine. Er war froh, dass es nach Hause ging. Er war es nicht gewohnt, unter vielen Menschen zu sein. Schon früh am Nachmittag hatte er sich nach Ruhe gesehnt.

„Meister Abraham hat ein neues Leben begonnen", unterbrach Hans das Schweigen, „Gismut hat eine neue Aufgabe gefunden. Mein Leben bei dir gibt mir Sicherheit. Wir sind zufrieden. Aber du?"

„Mein Leben ist ebenfalls reicher geworden", entgegnete der Zauberer. „Seitdem du mein Diener und Freund bist, habe ich schätzen gelernt, was Vertrauen und Freundschaft bedeuten. Dafür bin ich dankbar. So etwas kann man nicht zaubern."

„Nein, wahrscheinlich nicht", bemerkte Hans. Nach einer Weile fing er wieder an: „Wie steht es mit dir?"

Magister Mellikor gähnte. „Lass mich heute zufrieden mit solchen Fragen. Wir können ein andermal darüber sprechen. Ich bin schrecklich müde und sehne mich nach Schlaf."

Am nächsten Morgen blieb er länger als gewöhnlich im Bett. Die Frage, die Hans ihm auf der Heimfahrt gestellt hatte, beschäftigte ihn noch: Was erwartete er von der Zukunft? Er ließ die Tage und Wochen, die er mit Hans zusammen im Schloss verlebt hatte, in Gedanken an sich vorüberziehen: Ein wirklich angenehmes Leben, das er da führte! Alles, was er wünschte, ließ sich herbeizaubern. Es fehlte an nichts. Und doch: Hans behielt wohl recht, etwas vermisste er. Er brauchte etwas, das ihn herausforderte.

„Komm, setz dich zu mir", bat er Hans nach dem Frühstück, „lass uns das Gespräch von gestern Nacht fortsetzen." Hans sah ihn erwartungsvoll an. „Du meinst also", ließ sich Magister Mellikor vernehmen, „mit der neuen Tätigkeit als Zuckerbäcker der Stadt ist Gismut glücklich geworden. Mir scheint das auch so. Er fühlt jetzt Verantwortung für sich und seine Arbeit. Das hat ihm in meinem Dienst gefehlt. Ich habe ihn nur herumkommandiert." Hans lachte: „Da hast du dich gewaltig geändert!" „Glaubst du", fuhr Magister Mellikor fort, „Meister Abraham wird auf die Dauer ein Leben ohne Zaubern genügen? Wird er nicht eines Tages wieder zaubern wollen? Immerhin war er ein sehr guter Magier." „Das kann man nicht ausschließen", antwortete Hans, „fürs erste hege ich keinen Zweifel. Die Apotheke erfordert all sein neu erworbenes Wissen. Er hat in Isabella eine treue Gefährtin, die etwas davon versteht und ihm hilft. Er liebt sie sehr und wird sie nicht enttäuschen wollen."

„Und wie steht es mit dir?" fragte der Zauberer. „Du glaubst gar nicht, wie froh ich bin, dass sich mein Leben in deinem Dienst zum Guten gewendet hat und ich nicht als Dieb oder Räuber ende. Hier bei dir bin ich sicher aufgehoben. Wir verstehen uns gut. Zum ersten Mal seit Jahren habe ich ein Zuhause. Allerdings frage ich mich manchmal, ob wir in Zukunft nicht mehr tun sollten. Neue Aufgaben, das wäre das Richtige."

„Das ist ja alles schön und gut", warf Magister Mellikor ein. „Was erwartest du von mir? Ich war und bin nicht arm oder unzufrieden und erst recht nicht verliebt. Ich habe alles, was ich brauche, dank meiner Zauberkünste. Ich führe ein zufriedenes Leben hier im Wald. Du bist mir eine hervorragende Gesellschaft, ein treuer Freund. Was will ich mehr?" „Du hast ja recht", entgegnete Hans. „Du sorgst durch deine Kunst für deine und meine Bequemlichkeit. Wir leben ohne Sorgen. Doch, - sollten gute Zauberer sich nicht zu mehr berufen fühlen?"

„Soll ich vielleicht die Welt retten?", lachte sein Herr. „Soll ich Ungeheuer bekämpfen wie in alten Märchen? Soll ich eine Prinzessin erlösen? Was denkst du dir so?" „Ach je, bloß nichts Märchenhaftes! Nein, etwas Wichtiges und vielleicht

Aufregendes. Du könntest vielleicht die Dinge in der Welt hier und da ein wenig bessern." Nach einem Augenblick des Schweigens fügte Hans hinzu: „Ich fühle mich auf die Dauer eingeengt auf dem Schloss. Ich möchte etwas erleben, was nicht alltäglich ist, etwas bewirken, was einige Menschen glücklicher macht." Magister Mellikor sagte nichts, er blickte Hans unverwandt an.

„Lass uns zu einem Ausflug irgendwohin aufbrechen", bat Hans einige Tage darauf. Der Zauberer willigte ein. Großartige Vorbereitungen trafen die beiden nicht, denn es konnte alles, was sie unterwegs nötig hätten, herbeigezaubert werden.
Sie erinnerten sich an ihre Wanderung vor ein paar Wochen und machten sich zu Fuß auf den Weg durch den Wald. Wie Handwerksburschen waren sie gekleidet. Jeder hatte ein kariertes Tuch um den Hals geschlungen, einen Hut mit breiter Krempe auf dem Kopf und feste Wanderschuhe an den Füßen. Sie trugen jeder ein Reisebündel am Stock, den sie über die Schulter gelegt hatten. Es schwang bei jedem Schritt hin und her. Die silberne Verzierung an seinem Stab hatte Magister Mellikor mit einem Schnupftuch umwickelt.

Sie erreichten bald das Dorf, in dem der Zauberer sich früher gelegentlich Brot, Wurst und Käse besorgen musste. Gleich am Eingang des Dorfes kam eine ältere Frau auf sie zu und fragte aufgeregt: „Seid ihr Zimmerleute? Könnt ihr mir helfen?" „Was ist zu tun?", wollte Hans wissen. „Das Dach meiner Kate ist eingebrochen. Im Dorf habe ich niemanden, der es reparieren will, weil ich arm bin. Geld kann ich euch nicht geben, eine Mahlzeit und ein Krug Bier sollen euer Lohn sein." Magister Mellikor nickte und schaute Hans an. Der zwinkerte zustimmend.

Die Frau führte die beiden zu einer ziemlich kleinen, halb verfallenen Kate am Rande eines matschigen Weges. Das Dach war in der Mitte eingesunken, Stroh teilweise herunter gefallen. Dachsparren ragten gebrochen aus dem Wust heraus. „Hm", sagte Hans, „das sieht schlimm aus." „Wir werden das schon schaffen", tröstete Magister Mellikor, „auch wenn wir Schuster sind. Du kannst das Essen kochen, während wir arbeiten."

Die Frau verschwand im Innern der Kate. Hans folgte ihr in die Küche und fragte: „ Wo finden wir Holz für neue Latten und Stroh für das Dach?" „Hinter dem Haus ist ein Stall für meine Ziegen, dort liegen Holz und Stroh. Werkzeug liegt in einem Kasten. - Könnt ihr wirklich das Dach reparieren, obwohl ihr keine Zimmerleute seid?" „Ich komme von einem Bauernhof, da war immerzu etwas heilzumachen. Bauersleute können all das", behauptete Hans. „Wo ist eine Leiter?" „Sie lehnt am Apfelbaum."

Draußen berichtete Hans kichernd, wo Holz und Stroh lagen. „Wir müssen so tun, als wenn wir es holen, sonst wird die Frau misstrauisch." Er ging in den Stall und brachte einige lange Hölzer, eine Säge, Hammer und Nägel herbei. Magister Mellikor hatte inzwischen schon den Dachstuhl für das ganze Häuschen gezaubert. Beide vergnügten sich damit, mit dem Hammer auf den Dachlatten herumzuklopfen. Nach einiger Zeit holte Hans Stroh aus dem Stall und verstreute kleine Büschel auf dem Weg zum Haus, damit es so aussah, als ob sie es benutzten. Auf dem Dach schichtete sich bereits neues Stroh von selbst in der richtigen Weise auf die Dachlatten. Bald war das Dach gedeckt und glänzte im Abendsonnenschein. Zufrieden setzten sich beide auf eine Bank und warteten auf die versprochene Mahlzeit.

Sie wurden hereingerufen und eilten in die Küche. Sie wollten nicht, dass die Frau sich jetzt schon das neue Dach ansah.

Die Mahlzeit, die die Frau ihnen auftischte, war großartig. Sie langten kräftig zu und tranken das gute Bier, als ob sie von der vielen Arbeit durstig geworden wären. Sie erzählten erfundene Geschichten von ihren Wanderungen, bis es ganz dunkel draußen war.

Sie wollten sich schon verabschieden, da bot die Frau ihnen an, die Nacht bei ihr in der Kate zu schlafen. „Ich habe eine kleine Kammer, da hat früher mein Sohn gewohnt. Jetzt steht sie leer. Ich kann euch Strohsäcke auf den Boden legen und ein paar Decken geben." Magister Mellikor stimmte zu. Er ließ sie die Strohbetten herrichten und bedankte sich bei ihr für ihre Gastfreundschaft. Als sie die Kammer verlassen hatte, zauberte er gute Matratzen und weiche Kissen, und beide Männer legten sich zur Ruhe.

Ein Geräusch weckte sie mitten in der Nacht. Vor ihren Schlafstätten stand die Frau und kicherte. „Hab ich es mir doch gedacht!" Sie lachte laut, als sie die erstaunten Gesichter sah. „Das Dachdecken ist nicht mit rechten Dingen zugegangen. Ihr wart zu schnell fertig mit der Arbeit und habt nicht einmal geschwitzt. Wer von Euch kann denn nun zaubern?" Magister Mellikor sah sie eine Weile an. „Das weißt du ganz genau, denn du hast uns auch etwas vorgemacht! Das Essen war viel zu lecker und reichhaltig. Eine arme Frau konnte das nicht kochen. Du bist eine Hexe."

„Und du bist der Zauberer", grinste sie fröhlich. „Da sind wir ja gut aufeinander getroffen", fuhr sie fort. „Das Dach konnte ich mit meiner Kunst nicht ausbessern, wohl aber eine gute Mahlzeit brutzeln. Mein Können beschränkt sich auf Hexerei mit Kräutern, Pülverchen und Tränklein – im guten wie im bösen Sinn. Die Leute wollen von mir Liebestränke, Kräutersud, der andere Menschen krank macht, Tee für ihre Wehwehchen, Wurzelbrei für ihre Tiere, damit sie mehr Milch geben – oder eben keine Milch, wenn sie an anderen Rache

nehmen wollen. Ich bin ganz schön beschäftigt, glaube mir. -
Und was zauberst du?" „Eigentlich schwinge ich den Zauberstab nur zu meiner Bequemlichkeit. Mir und meinem Freund
erscheint das auf die Dauer zu wenig. Deshalb gehen wir jetzt
auf die Suche nach Abenteuern."
„Dass ich nicht lache", prustete die Hexe los und stemmte
ihre Arme in die Hüften, „wo gibt es heutzutage noch echte
Abenteuer?" Sie sah sie mitleidig an. „Es geht recht arm in der
Welt zu. Der Graf, der hier unser Herr ist, erhebt viel zu hohe
Abgaben von den Bauern. Sie müssen fast alles, was sie ern-
ten, abliefern. Bald werden sie nichts mehr zu beißen haben.
Mich bezahlen die Dorfbewohner schon lange nicht mehr. Ich
gebe ihnen meine Salben und Tränklein aus Gutmütigkeit
umsonst. Und manchmal natürlich, um sie zu ärgern." „Es ist
ungewöhnlich für dich als Hexe, dass du den Grafen nicht
behext hast." „Dazu reicht mein Können leider nicht, ich bin
keine Zauberin", murrte sie, „sonst hätte ich es längst getan."
Sie verließ die Kammer wieder.

Magister Mellikor und Hans nahmen gut ausgeschlafen von
der Hexe Abschied. Als sie ein Stück vom Dorf entfernt waren,
bestiegen sie in zünftiger Reiterkleidung zwei herbeige-
zauberte Pferde und ritten auf die nächste Stadt jenseits des
Flusses zu. Auf dem Kopf trugen sie breite Hüte mit einer
großen Feder. Kurz vor der uralten Steinbrücke hielten sie
ihre erhitzten Pferde an und stiegen ab. Sie ließen die Tiere
trinken und grasen.
Da ihnen das Wasser verlockend kühl erschien, entschlossen
sie sich kurzerhand, ein Bad zu nehmen. Ein Gebüsch in der
Nähe bot ihnen Schutz vor neugierigen Blicken. Im Wasser
tollten sie übermütig wie Kinder, dann schwammen sie um
die Wette, konnten vor Lachen aber keinen Sieger ausma-
chen. Erfrischt setzten sie ihren Ritt zur Stadt fort.

Unterwegs überholten sie eine vierspännige Kutsche. Sie wurde von bewaffneten Soldaten zu Pferde begleitet. Auf dem Kutschbock saß ein Mann, der den Gruß der beiden Reiter nicht erwiderte. „Ungehobelter Geselle", erboste sich Hans. „Hast du das Wappen auf den Türen erkannt?", rief ihm Magister Mellikor zu. „Nein. Mich sollte es nicht wundern, wenn das der Wagen des Grafen war, über dem Wappen habe ich eine Krone gesehen."

Im Galopp näherten sie sich der Stadt. Da sahen sie am Stadttor eine große Menschenansammlung. Sie stiegen ab, banden ihre Pferde an einen Pfahl am Weg und mischten sich unter die Menge. Die Leute sahen ängstlich und verhärmt aus. „Es kommt scheinbar hoher Besuch in die Stadt. Lass uns sehen, was geschieht", sagte Hans, „ich bin neugierig."

Nicht viel später rollte der Vierspänner heran. Der Kutscher hielt in voller Fahrt auf das Tor zu. Die Menschen wichen erschrocken zur Seite. „Platz da!", schrie der Kutscher und drohte mit der Peitsche. Die Soldaten rückten enger heran und griffen nach ihren Säbeln. Ein Bürger mit einer Schriftrolle in der Hand trat dem Wagen in den Weg. Der Kutscher schlug ihn mit dem Peitschenstiel nieder. Der Mann hatte Glück, dass er nicht unter die Hufe oder die Räder geriet.
Die Leute schrien vor Empörung auf, einige drohten sogar mit der Faust. Hans sah seinen Herrn herausfordernd an. Der hob die Augenbrauen. Unvermittelt blieb das Gespann stehen. Die Soldaten konnten nicht so schnell anhalten und preschten weiter durch die Menge voran. Die Pferde vor der Kutsche rührten sich nicht, auch nicht, als die Leute näher rückten. Sie standen da wie aus Stein gemeißelt.
Der Graf und die Frau in der Karosse schauten aus den Fenstern. „Was geht hier vor?", schrie der Graf böse. „Wollt ihr wohl euren Herrn vorbeilassen, Pack! Wer den Wagen angehalten hat, verdient den Galgen. Marsch, weiter!"

Die Bürger blickten angstvoll auf die Kutsche. Sie rührte sich nicht. Der Mann mit der Schriftrolle rappelte sich auf und trat an den Wagenschlag. „Gnädigster Herr und Gebieter, wir bitten um Gnade! Die Abgaben, die Ihr uns auferlegt, machen uns arm, wir müssen darben!" Er versuchte dem Grafen die Schriftrolle zu übergeben, der aber schlug wütend das Kutschenfenster zu.

Der Wagen stand wie festgenagelt, der Kutscher sah aus, als ob er schliefe. Die Menge umringte das Gefährt stumm. Hans und der Zauberer drängten sich dichter heran. „Herr Graf", rief lautstark Magister Mellikor, „das Volk hungert. Was wollt Ihr tun?" Der Graf blickte den Mann, der seinen Federhut auf dem Kopf behalten hatte, durch das Fenster finster an. Er vermeinte plötzlich, ein kurzes Blitzen wahrzunehmen. Mit Schwung stieß er die Kutschentür auf, stieg aus dem Wagen und breitete beide Arme aus. „Ich lade euch alle ins Rathaus, lasst uns Frieden schließen", verkündete er. „Die Abgaben werden halbiert auf zehn Jahre." Ungläubig starrten die Bewohner ihren Grafen an. Sollten sie ihm trauen?

Verhaltener Jubel brach los. Der Mann mit der Schriftrolle trat auf den Grafen zu und verlangte eine schriftliche Bestätigung. „Bist du der Amtmann?", fragte der Graf. „Ja. Zum Wohle der Stadt erbitte ich eine Urkunde, dass Ihr Euer Wort gegeben habt, an das auch Euer Sohn und Nachfolger gebunden ist."

„Im Rathaus werde ich unterschreiben."

Als die Bürger dort zusammenströmten, starrten sie mit offenen Mündern: alles war zu ihrer Überraschung für ein Fest vorbereitet: Fahnen hingen zu den Fenstern heraus, eine Girlande schmückte das Portal und vor den Stufen stand ein Tisch, auf dem Papier, Federn und Tinte bereit lagen.

Dem Grafen, der zornig dreinschaute, weil er etwas gegen seinen Willen versprochen hatte, drückte der Amtmann eine Feder in die Hand. Der Graf tauchte sie in die Tinte und

schrieb die Worte, die er niemals schreiben wollte, wie unter Zwang nieder. Der Amtmann und zwei Bürger unterzeichneten als Zeugen, er selbst setzte als letzter Namen und Titel unter den Text. Die Urkunde wurde gefaltet und mit einer roten Schnur umwickelt. Wachs von einer brennenden Kerze wurde auf den Knoten geträufelt. Der Graf drückte seinen Siegelring in das Wachs. Der Amtmann hielt die Urkunde in die Höhe, damit alle sie sehen konnten, und versicherte laut: „Damit hat das Papier Gültigkeit!"
Der Graf und seine Begleiter begaben sich mit den Bürgern der Stadt in die Rathaushalle, um zu feiern.

„War das ein Abenteuer nach deinem Geschmack?", rief der Zauberer Hans zu, als sie die Pferde bestiegen. „Nicht ganz, der Graf wird sein Lebtag nicht vergessen, dass er gegen seinen Willen den Bürgern etwas versprochen hat. Wird er nicht versuchen, auf andere Weise von ihnen die verlorenen Abgaben an sich zu bringen?" fragte Hans. „Ja, er wird es versuchen. Aber mein Bann wird ihn immer das Gegenteil von dem tun lassen, was er in böser Absicht tun möchte, bis er eines Tages dahinter gekommen ist."

II

Frohgemut ritten die zwei Freunde weiter und kamen am Abend zu einer abgelegenen Herberge, die ordentlich aussah und Gemütlichkeit versprach. Hans ließ ihre Pferde in den Stall führen und versorgen. Magister Mellikor bestellte zwei Räume im oberen Stockwerk.
Sie setzten sich an den langen Wirtshaustisch. Der Wirt fragte nach ihren Wünschen. Er bereitete alles zu ihrer Zufriedenheit. Hungrig langten sie zu. Sie unterhielten sich lebhaft beim Essen über ihre Erlebnisse. Sie achteten nicht

darauf, dass sie bis jetzt die einzigen Gäste waren. Der Wirt lehnte lässig an der Theke als wartete er auf weitere Wünsche. Immer wieder warf er heimlich scharfe Blicke auf die Speisenden und versuchte, ihrem Gespräch zu folgen. Wenn sie zu ihm hinüberschauten, ließ er sich nichts anmerken.

Sehr spät kam ein dritter Gast. Er hatte zwei Pferde bei sich. Er schien ein Pferdehändler zu sein. Er setzte sich ebenfalls an den langen Tisch und verlangte einen großen Krug Bier.

Der Zauberer und Hans zogen sich bald in ihre Räume zurück, denn der Tag war anstrengend gewesen.

Als Magister Mellikor am nächsten Morgen in die Wirtsstube trat, sah er sich allein. Ein Frühstück für eine Person stand auf dem Tisch, die Rechnung für zwei lag daneben. Er wartete eine Weile. Weil Hans nicht erschien, ging er in dessen Zimmer, um ihn zu wecken. Die Kammer war leer. Hans war verschwunden, seine Kleider lagen nicht mehr dort. Im ersten Augenblick dachte Magister Mellikor an seinen Zwerg, daran, unter welchen Umständen der sich aus dem Staub gemacht hatte. Dass Hans geflohen war, mochte er sich nicht vorstellen. Er war doch sein Freund!

Da er nicht wusste, wo Hans sich aufhielt, konnte er ihn nicht herbeizwingen. Solange er den Ort nicht kannte, reichte die Macht des Zauberstabes nicht aus, den Verschwundenen herbeizuholen. Er ging darum wieder hinunter in die Wirtsstube. Der Wirt zapfte sich gerade ein Bier. „Wo ist mein Diener geblieben?", stellte ihn der Zauberer zur Rede. „Welcher Diener?" „Der, mit dem ich gestern gekommen bin." „Das war kein Diener, das war ein ebenso vornehmer Herr wie Ihr", entgegnete entrüstet der Wirt. „Er ist heute in der Frühe weggeritten." „Das glaube ich nie und nimmer. Du lügst und verheimlichst etwas", fuhr Magister Mellikor ihn an, „sag die Wahrheit: wo ist der, mit dem ich gestern gekommen bin?" „Ich bin nicht sein Aufpasser. Mich kümmert nicht, was meine

Gäste tun, solange sie gut bezahlen." „Und? Hat er bezahlt?" „Nein, die Rechnung hast du neben deinem Teller gefunden."

Hier war etwas faul! Solange Magister Mellikor nichts Genaueres wusste, konnte er wenig ausrichten. Er bezahlte, holte sein Pferd aus dem Stall und ritt davon. Hinter der ersten Wegbiegung hielt er an. Er setzte sich auf einen Stein und dachte nach. Ihm wurde klar, Hans musste etwas zugestoßen sein, er war vielleicht in Gefahr. Wo nur sollte er suchen?

In der Ferne hörte er einen Hund bellen. Zuerst beachtete er das Bellen nicht, dann rief er erleichtert: „Das ist die Idee!"

Er hob seinen Stab, und ein Jagdhund stand neben ihm und wedelte eifrig mit dem Schwanz.

In Kleidern eines Waldarbeiters mit struppigem Haar und Bart kehrte Magister Mellikor mit dem Hund in die Herberge zurück. Der Wirt, der nicht genau hinschaute, erkannte ihn nicht. Mürrisch schenkte er dem vermeintlichen Habenichts sein schwächstes Bier ein und verschwand in der Küche, um ein Mittagessen vorzubereiten. Der Zauberer schlich heimlich in das Zimmer, in dem Hans die Nacht – womöglich nur einen Teil der Nacht – verbracht hatte.

Der Hund schnüffelte am Bett. Dann zog er kräftig an der Leine. Es ging die Treppe hinunter in den Stall. Da standen noch die Pferde des Pferdehändlers. Sie waren an einen Pfosten gebunden. Auf der Erde lag ein Strick. Der Hund beschnupperte ihn und strebte, die Nase an der Erde, eilig aus dem Stall. Der Wirt kam in diesem Moment aus der Küche, um am Brunnen Wasser zu holen. Knurrend sprang der Hund auf ihn zu.

„Halte den Köter fest", schrie der Wirt erbost. „Was machst du in meinem Stall, willst du die Pferde stehlen?" „Mit den Gäulen kann ich nichts anfangen", antwortete ruhig Magister Mellikor. „Das Tier hat etwas Verdächtiges an dir gewittert, deshalb ist es auf dich losgegangen." „Was soll dein Köter denn wittern? Klar doch, er riecht das Fleisch, das ich gerade für den Kochtopf geschnitten habe." Der Wirt drehte sich um, ging in die Küche und warf die Tür hinter sich zu.

Der Hund folgte nun einer Spur auf dem Weg, den er gerade mit dem Zauberer gekommen war. Hinter der Wegbiegung drängte er von der Straße auf eine Wiese und schnupperte eifrig im Gras. Magister Mellikor sah genauer hin. Ihm kam es vor, als ob dort eine Fährte von niedergedrückten Gräsern schwach zu erkennen war. Er machte das Tier von der Leine los. Es folgte der Fährte. Sie führte zu einem Hügel aus Geröll, Unrat und Unkraut.

Der Hund lief um den Haufen herum, dann ein Stück die Spur zurück und kam erneut an den Steinhaufen. An einer Stelle fing er knurrend an zu scharren. Neugierig beugte sich der Zauberer über ihn. Zunächst entdeckte er nichts Auffälliges. Dann erkannte er einen Riss in der Erde.

„Aha, eine Falltür", schoss es ihm durch den Kopf. So gut getarnt, konnte sie nur ein Vierbeiner mit feiner Nase aufspüren. Schnell griff er zum Stab und wünschte, dass sich die Tür auftat. Eine hölzerne Klappe hob sich. Steine und Erdbrocken polterten zur Seite. Eine Leiter führte ins Dunkel. Magister Mellikor schuf sich eine Laterne und verwandelte die Leiter in eine Steintreppe. Er stieg hinunter. Unten tat sich ein Gang auf. Er lauschte angespannt. Nichts war zu hören. Mehrmals rief er nach Hans, bekam aber keine Antwort

Der Jagdhund war ihm in die Tiefe gefolgt. Magister Mellikor nahm ihn wieder an die Leine, um sich von ihm führen zu lassen.

Der Gang zog sich in die Länge: einmal machte er eine Biegung, dann ging es geradeaus weiter. Endlich standen Mann und Hund vor einer dicken Eichentür, die verschlossen war. Das war kein Problem für den Zauberer. Als er in den Raum dahinter trat, hörte er jemanden schwer atmen. Er hob die Lampe über den Kopf, das Licht fiel auf ein Bündel, das sich bewegte. Röchelnde Laute drangen daraus hervor.

Der Hund hatte sich zuerst dem Bündel genähert und biss einen Sack auf. Ein Arm kam heraus, dann ein Bein. Magister Mellikor zerriss den Sack vollständig. In der zusammengekrümmten Gestalt hatte er den Pferdehändler vom vergangenen Abend vor sich. Ihm steckte ein Knebel im Mund. Als der entfernt und der Mann zu Atem gekommen war, fragte ihn der Zauberer: „Wie bist du hierhergekommen?"
„Der habgierige Wirt hat mich eingesperrt, weil ich meinen Lohn verlangte für seine Schandtat", vertraute er dem vermeintlichen Waldarbeiter an. „Was hat der Wirt denn mit deiner Hilfe getan?" „Er hat einen vornehmen Herrn im Schlaf geknebelt, gefesselt und ihn - wie mich dann später - in einen Sack gesteckt. Ich musste ihn auf sein Pferd binden und wegführen." „Warum? Wozu das?" „Er will viel Lösegeld vom Grafen erpressen. Es ist Junker Tobias, der Sohn des Grafen, den er gefangen hält."
„Wo?", fragte der Zauberer in scharfem Ton, „wo denn hält er ihn gefangen? Ich muss es wissen." „Nicht weit von hier, den Gang entlang unter der Herberge ist ein Winkel, in dem der Wirt öfter vornehme Herren einsperrt." „Und keiner ist je eingeschritten und hat den Kerl vor Gericht gebracht?" „Nein, der Graf schützt ihn. Er steckt mit ihm unter einer Decke und kriegt vom Lösegeld einen gehörigen Teil ab. Mit Junker Tobias in seiner Gewalt, will der Wirt mit einem Schlag reich werden. Zur Flucht von hier hat er schon alles vorbereitet."

Jetzt, da er wusste, wo Hans gefangen gehalten wurde, brachte Magister Mellikor ihn mit einem machtvollen Spruch herbei. Hans rieb sich die Handgelenke, an denen deutlich die Spuren der Fesseln zu sehen waren. „Danke, Herr", sagte er freudig, „es war mir sehr, sehr ungemütlich, bewegungslos in dem kalten, nassen Kellerloch zu liegen. Ich wusste, sobald dir klar sein musste, dass ich freiwillig nicht verschwunden sein konnte, würdest du mich befreien." „Kaum zu glauben, man hält dich für den Sohn des Grafen!", lachte Magister Mellikor. „Für ein ordentliches Lösegeld solltest du freikommen." „Zum Glück bin ich nicht dessen Sohn, solch einen Vater möchte ich nicht haben!", meinte Hans verächtlich. Der Pferdehändler sah völlig ratlos drein Er verstand nichts mehr.

„Und jetzt zu dir: was sollen wir mit dir anfangen?", fragte Magister Mellokor. „Du bist in einen Menschenraub verwickelt und hast schon früher bei solchen Schurkereien geholfen." „Verratet mich nicht, großmütiger Herr, ich komme sonst an den Galgen", jammerte der Pferdehändler. „Da gehörst du hin", erwiderte grimmig Magister Mellikor, „dein Tod ist allerdings keine Lösung." Er hob seinen Zauberstab und eröffnete ihm: „Du sollst in Zukunft keinerlei Gelegenheit haben, bei einem Schurkenstück mitzumachen. Du wirst mühsam vom Pferdehandel leben. Ab und zu kannst du ein Pferd verkaufen." „Das ist grausam", klagte laut der Pferdehändler, „aber wenigstens bleibe ich am Leben!" „Du kannst hoffen, dass es dir einmal besser ergeht", tröstete Hans.
Alle drei liefen zusammen mit dem Hund durch den langen Gang ins Freie. Die Falltür wurde fest verschlossen. „Geh nun deiner Wege", befahl der Zauberer dem Pferdehändler. „Am besten du verlässt diese Gegend. – Deine Gäule wirst du unterwegs finden."

Als der Mann sich davongestohlen hatte, ging es zur Herberge zurück. Der Wirt, der sie in ihrer Reiterkleidung vom Vortag in die Wirtsstube treten sah, wurde blass. Vor Schreck ließ er den Teller fallen, auf den er die Mahlzeit für den vermeintlichen Grafensohn füllen wollte. „Was...? Wie...", stotterte er.

Blitzschnell strebte er zur Hintertür. Sie ließ sich nicht öffnen. Bleich und stumm sah er die beiden vornehmen Herren an. „Ich weiß alles, der Pferdehändler hat gestanden", verkündete Magister Mellikor mit strenger Miene. „Dieser ekelhafte Kerl! Er forderte zu viel Lohn! Jetzt hat er mich obendrein verraten! Der wird was erleben!" „Ihm kannst du nichts mehr anhaben", feixte Hans, „er ist über alle Berge."

Magister Mellikor beobachtete den Wirt in seiner Angst. „Jetzt zu dir", wandte er sich an ihn und zeigte mit dem Stab auf dessen Brust. „Du wirst fortan dieses Haus nicht mehr verlassen. Verhungern oder verdursten kannst du nicht, Essen und Trinken sind dir sicher. Die einzige Gesellschaft für dich soll dieser Hund sein. Er wird dich ständig belauern."

Ohne ein weiteres Wort verließen sie die Herberge. Sie hörten noch, wie alle Türen und Fenster sich verschlossen. Der Hund schlug an, als der Wirt versuchte, die Haustür zu öffnen. Hans war nicht ganz wohl zumute.

III

Magister Mellikor fühlte sich reichlich erschöpft und strebte nach Hause. Hans war dafür, die Reise fortzusetzen. Er gab nach, denn er spürte, dass sein Herr sich allerlei zugemutet hatte. In einer zweispännigen Kutsche rollten sie gemächlich zum Wald zurück.

Am Waldrand hinter der Steinbrücke sahen sie einen alten Mann und einen älteren Jungen damit beschäftigt, auf einen kunstvoll geschichteten Stapel Holz Erde aufzuwerfen.

„Was soll das geben?", fragte verwundert der Zauberer. „Das wird ein Meiler, in dem sie Holzkohle brennen", erklärte ihm Hans. „Ich habe früher zwei Mal dabei geholfen. Es ist harte Arbeit, bei der man nicht einschlafen darf, wenn das Feuer erst einmal brennt. Sonst ist alle Mühe umsonst."

Die beiden Köhler sahen ermattet aus. „Wollt ihr heute schon feuern?" rief Hans ihnen fragend zu. „Wenn es möglich ist und die Frau uns etwas zu essen bringt, werden wir am Abend feuern können. Dann sind wir übermorgen fertig", antwortete ihnen der Mann. Bittend sah Hans Magister Mellikor an, sagte aber nichts. Der flüsterte: „Das wird in deinem Sinne zu Ende gebracht."

Er versetzte die beiden Männer in Schlaf. Erde deckte sich von selbst über den Holzstoß, das Feuer setzte sich in Gang, und im Handumdrehen war die Holzkohle fertig. „Die beiden werden sich mächtig freuen, wenn sie aufwachen", meinte Hans. „Und sie werden schrecklich hungrig sein, denn sie wachen erst morgen auf", sagte Magister Mellikor. „Danke." Hans drückte ihm die Hand.

Als sie weiterfahren wollten, kam eine junge Frau mit einem Korb heran. Sie knickste vor den vornehmen Leuten in der Kutsche und wünschte ihnen eine gute Reise. Sie stellte den Korb neben die beiden schlafenden Köhler und setzte sich zu ihnen. Sie wollte sie vor der schweren Nachtarbeit nicht aufwecken und summte ein Lied.

„Da wird sie eine ganze Weile ausharren müssen", vermutete Hans. „Nein, sie wird nach einiger Zeit nach Hause gehen, wo die Wäsche auf sie wartet", ließ sich der Zauberer vernehmen. „Im Waschbottich wird sie einen Taler finden."

Am späten Nachmittag erreichten die beiden Reisenden das Schloss. Magister Mellikor öffnete das Tor und betrat die Halle. Sofort merkte er, etwas stimmte nicht. So müde er war, sah er sich um. Er konnte nichts Verdächtiges entdecken. Alles schien so, wie sie es verlassen hatten. In den anderen Räumen war ebenfalls keine Veränderung zu erkennen. Und doch! Jemand musste in der Zwischenzeit im Schloss gewesen sein. Etwas Fremdes lag in der Luft. Hans spürte es, als er seinem Herrn von Raum zu Raum folgte.

Schließlich setzten sie sich in der Halle in die Sessel und lauschten. Keine ungewöhnlichen Laute waren zu hören. Die große Uhr auf dem Bord tickte wie gewöhnlich etwas zu laut. Ab und zu knackte es im Kamin. Draußen rauschten die Bäume im Wind. Sonst war es still und friedlich.

Das Lauschen machte sie träge. Hans war kurz vor dem Einschlafen. „Ich hab's", rief aufgeregt der Zauberer, „es riecht anders. Es riecht nach Blumen und Gras. Woher mag der Duft kommen?"

„Ja, die Luft im Saal ist äußerst angenehm", stimmte Hans zu, „lass sie uns genießen und ausruhen." „Wie kannst du an Ausruhen denken, ehe wir nicht wissen, was in unserer Abwesenheit geschehen ist!", empörte sich Magister Mellikor. „Wir müssen alles gründlich untersuchen."

Sogleich zauberte er alles so hin, wie sie es beim Weggehen hinterlassen hatten. Nachdem er sich aufmerksam umgesehen hatte, zauberte er alles so, wie sie es soeben vorgefunden hatten. Wieder sah er seine Umgebung genau an. Es hatte sich nichts, rein gar nichts verändert. Hans gähnte herzhaft: „Na also."

Er streckte seine Beine ein wenig aus. Da sah er auf dem Teppich einen winzigen Schmetterlingsflügel liegen. Er nahm ihn auf. „Wie kommt der hierher?", rief er. „Ob die Elfen hier waren?" Er zeigte Magister Mellikor den Schmetterlingsflügel auf der offenen Hand. Das kleine Flügelchen glänzte bräunlich, an einer Ecke rot überhaucht. Ein blauer Punkt leuchtete in seiner Mitte. „Das ist eine Botschaft!", entfuhr es dem Zauberer. „Es ist etwas Schlimmes geschehen! Ich muss zur Elfenkönigin!"

Ohne Hans weiter zu beachten, warf er sich seinen lila Umhang über die Schultern und eilte den Berg hinab.

Am Waldrand suchte er vergebens nach der Rosenblüte. Wenige Blumen blühten nur noch auf der Wiese. Einem Gänseblümchen im Gras vor der Hütte streichelte er die weißen Blütenblätter. Da schaute ein Elflein heraus. „Wo ist deine Königin?", fragte der Zauberer besorgt. „Es ist Herbst, die Blumen sind verblüht. Wir haben keine Wohnungen und müssen bei den Zwergen die kalte Jahreszeit verbringen. Die Königin ist schon dort. Ich soll dir sagen, der Zwerg, dein ehemaliger Diener, hat nach dir gesucht." Beunruhigt hastete Magister Mellikor zum Schloss zurück.

Als Hans hörte, welche Nachricht die Elfenkönigin hinterlassen hatte, drängte er darauf, sehr früh am Morgen in die Stadt zu reiten. Zwei schnelle Pferde brachten sie zügig zum Haus des Zuckerbäckers. Sie banden die Pferde an die Linde und betraten das Geschäft. Sie mussten warten, bis Gismut zwei junge Mädchen bedient hatte. Er schloss den Laden hinter ihnen zu und lud sie in die Wohnstube. Die Sorgenfalten, die sich beim Verkaufen auf seiner Stirn gezeigt hatten, glätteten sich.

„Bin ich froh, dass ihr nicht lange ausgeblieben seid!", rief er erleichtert, „vorgestern war ich am Schloss und an der Hütte. Dort habe ich der Elfenkönigin mein Leid geklagt. Sie bereitete ihren Umzug ins Goldbergwerk vor. Wie gut, dass das Wetter sich gehalten hat und einige Blumen noch blühen."
„Was ist denn geschehen? Was bereitet dir Kummer?", drängte Magister Mellikor.
„Ich fürchte um Meister Abraham …", begann Gismut. „Hat der wieder zu zaubern angefangen – so kurz nach seiner Hochzeit?", unterbrach ihn Hans, „das kann ich mir nicht vorstellen." „Nein, es geht nicht ums Zaubern. Meister Abraham ist in großer Gefahr. Man hat ihn ins Gefängnis geworfen und ihn des Mordes angeklagt."

„Des Mordes? Wie konnte ein solcher Verdacht entstehen?",
fragte Magister Mellikor empört. „Ein Mann hat in der Apotheke ein Mittel gegen Fieber für seine Frau gekauft. In der
selben Nacht ist sie gestorben. Er behauptet, seine Frau sei
vom Apotheker vergiftet worden. All die alten Geschichten,
dass er ein Magier ist, sind wieder lebendig geworden. Die
arme Isabella weiß gar nicht, was sie denken oder tun soll."
„Wann ist die Gerichtsverhandlung?", fragte der Zauberer. „In
drei Tagen. Kannst du nicht helfen?" „Wir werden pünktlich
im Gerichtssaal sein. Die Wahrheit wird ans Licht kommen, du
kennst die Macht des Zauberstabes."

Drei Tage später erschien der Zauberer mit Hans im Ge-
richtsgebäude. Im Saal waren nahezu alle Plätze von neugierigen Stadtbewohnern besetzt. Einige unter ihnen erwar-
teten ein Todesurteil und eine öffentliche Hinrichtung.
Isabella war nicht anwesend. Auch der Zuckerbäcker war
nicht erschienen.
Magister Mellikor hielt sich im Hintergrund. Er beabsichtigte,
erst einzugreifen, wenn es ihm erforderlich schien.
Der Richter ließ Meister Abraham vorführen. Er befragte ihn
zuerst nach seinem Namen und seinem Apothekerzeugnis. Er
wollte ferner wissen, welche Medizin der Apotheker dem
Mann verkauft hatte. Auf die Fragen antwortete Meister
Abraham mit deutlicher Stimme und legte den Meisterbrief
vor. Das Fläschchen mit der Medizin wurde herbeigebracht.
Er bot an, sie zu schlucken zum Beweis, dass sie nicht zum
Tode führte. Da erhob eine Frau aus der Menge die Stimme
und rief: „Der kann das ruhig anbieten, er hat ein Zauber-
mittel, das ihn am Leben hält! Er ist bekannt als Magier!"
Der Richter fragte streng: „Meister Abraham, hast du es mit
Zauberei zu tun?"
„Nein." „Doch!" schrien einige Leute wild, „du lügst! Du warst
berüchtigt als Magier!"

„Was ist wahr?", fragte der Richter eindringlich. „Ich war ein Zauberer", gab Meister Abraham zu, „bei meiner Verlobung mit Isabella habe ich der Zauberei feierlich abgeschworen. Seitdem habe ich kein einziges Mal gezaubert. Und vorher habe ich keinem Menschen in der Stadt je etwas Böses getan." Der Richter kratze sich am Kopf. „Wer kann bezeugen, dass der Apotheker die Frau getötet hat? Der soll Zeugnis ablegen." Der Ehemann trat vor, reckte sich zu seiner vollen Größe auf und rief: „Ich habe die Medizin gekauft. Ich habe sie meiner Frau gegeben. Sie war nach zwei Stunden tot!" „Das ist noch kein Beweis", erklärte der Richter, „sie ist möglicherweise an ihrer Krankheit gestorben."

„Ich will Gerechtigkeit", schrie der Mann, „der Apotheker muss sterben!"

In diesem Augenblick trat der Zauberer an den Richtertisch, stellte sich als Magister Mellikor vor und fragte bescheiden, ob er Fragen stellen dürfe. Der Richter erlaubte es.

Der Zauberer wandte sich dem Mann zu, sah ihm in die Augen und forderte: „Beschreibe ausführlich, was geschehen ist." Der Mann wich zurück: „Muss ich darauf antworten?", fragte er den Richter, „dieser unbekannte Mann ist keine Rechtsperson." Der Richter hob erstaunt die Augenbrauen. „Wenn du die Frage wahrheitsgemäß beantwortest, kannst du dir ja am besten zu einem gerechten Urteil verhelfen."

Etwas kleinlaut begann der Mann seine Schilderung: „Ich bin am Nachmittag in die Apotheke gegangen und habe Meister Abraham um Rat gefragt, denn meine Frau hatte Fieber. Er gab mir das Fläschchen mit dem Saft. Davon sollte ich meiner Frau zehn Tropfen in einem Glas Wasser geben. Das hat sie umgebracht." „Deine Geschichte ist nicht vollständig", mahnte der Richter. „Was hast du zu Hause getan?"

„Ich habe zehn Tropfen ins Wasser geträufelt", murrte der Mann undeutlich. „Welche Tropfen hast du ihr gegeben?", meldete sich wieder Magister Mellikor.

„Ich habe zehn Tropfen abgezählt und ihr gegeben", beharrte der Mann. „Das ist nicht die Frage", tadelte der Zauberer und stieß seinen Stab heftig auf die Fliesen. „Von welchen Tropfen hast du ihr zehn ins Wasser geträufelt?" „Von den Tropfen, mit denen wir die Mäuse und Ratten töten", entfuhr es dem Mann.

Ein Raunen ging durch den Saal.

Durch dieses Geständnis war die Unschuld des Apothekers erwiesen. Magister Mellikor und Hans warteten das Urteil des Richters nicht ab, sie ritten zum Haus des Zuckerbäckers, um ihm die gute Nachricht zu bringen.

Isabella, die bei ihm Zuflucht gesucht hatte, weinte vor Freude.

IV

Eine Woche darauf trafen sich alle Freunde des Apothekers, um seinen Freispruch zu feiern. Fröhlich saßen sie beisammen und naschten Schokoladenkugeln, da klopfte es ungestüm an die Tür des Hauses. Thomas ging öffnen. Ein Bote gab einen mit einem Leinentuch bedeckten Korb ab und verschwand schnell. Der Diener brachte den Korb in die Stube. Alle guckten erwartungsvoll auf das unerwartete Geschenk.

„Vorsicht", rief Hans, „etwas hat sich unter dem Tuch bewegt!" Ein Kätzchen vielleicht oder ein Welpe? Isabella wollte das Tuch aufschlagen, doch Magister Mellikor hielt ihr den Arm fest.

Mit der Spitze seines Zauberstabs hob er behutsam den Stoff an. Deutlich ertönte ein Zischen. Als er das Tuch höher hob, richtete sich eine Schlange auf, wiegte ihren Kopf hin und her und züngelte.

Die um den Tisch Versammelten verharrten bewegungslos, vor Schreck unfähig, sich zu rühren. Das schien die Schlange, zu beruhigen. Sie legte sich wieder nieder. Magister Mellikor ließ das Leinen zurück auf den Korb gleiten.

„Sie ist giftig", stellte der Arzt fest. „Ich habe sie an dem blauschimmernden Muster auf ihrem Rücken erkannt. Sie kommt aus einem südlichen Land." „Wer hat uns ein solch tückisches Geschenk gemacht?", fragte Meister Abraham entsetzt. „Nicht auszudenken, was passiert wäre, wenn du nicht einen kühlen Kopf bewahrt hättest, Magister Mellikor", wandte er sich an den Zauberer. „Wenn Hans nicht so aufmerksam geschaut hätte…", meinte der nur.

„Was sollen wir mit der Schlange anfangen?", wollte Isabella wissen, „wir können sie nicht einfach totschlagen!" „Schlangengift ist manchmal heilsam", warf der Zuckerbäcker ein, „wir Zwerge stellen eine Salbe daraus her, um stark eiternde Wunden zu versorgen. Wir haben Erfolg damit." „Hexen machen daraus auch eine Art Medizin, sagt man", meldete sich der Schuster zu Wort. „Vielleicht wirken da eher ihre Hexensprüche als das Schlangengift." „Manche kochen die Schlangen zu einem Sud", behauptete die junge Frau des Amtmanns.
„Die Schlange ist zum Töten hergebracht. Sollte man sie nicht besser zum Heilen verwenden?", fragte Isabella. „Wir könnten zu den Zwergen reisen und fragen, wie sie die heilende Salbe herstellen", schlug Hans vor. „Niemand weiß, wo sie sich aufhalten", waren sich einige Gäste einig. Meister Abraham und Magister Mellikor sahen einander verstohlen an, Gismut schüttelte unmerklich den Kopf.
„Ich weiß es zwar nicht", gab Hans zu, „ich werde es aber herausfinden und mit den Zwergen reden."

„Was machen wir mit der Schlange, bis du zurückkommst? Wir können sie nicht im Haus oder im Stall unterbringen, das ist viel zu gefährlich." Isabella sah ihn fragend an.

„Du kennst doch die Wirkung vieler Kräuter. Gibt es nicht eins, das sie in tiefen Schlaf versetzt?", fragte Hans. „Dann verhungert sie vielleicht, wenn deine Suche zu lange dauert." Isabella war ganz aufgeregt. „Jedenfalls wollen wir sie nicht hierbehalten." „Gut", sagte Hans, „ich nehme sie mit zu den Zwergen. Sie sehen dann gleich, welches Gift sie abgibt. Vielleicht kann ich sie ihnen überlassen." Diese Lösung gefiel ganz besonders Meister Abraham.

Für den Moment wurde der Korb in einen großen Waschbottich gestellt, an dessen glatten Wänden die Schlange, falls sie auszubrechen versuchte, nicht hinaufgleiten konnte. Die Gespräche am Tisch drehten sich lange um die Frage, wer Meister Abraham oder Isabella den Tod so sehr wünschte, dass er eine seltene, giftige Schlange geschickt hatte. Niemand fand eine überzeugende Antwort.

Als die Gäste aufbrachen, hob Hans den Spankorb mit der Schlange aus dem Bottich und nahm ihn an sich.

Diesmal lenkte der Zauberer die Pferde. Neben ihm saß Hans mit dem Korb auf dem Schoß. Die Schlange hatte Magister Mellikor in eine Starre versetzt. Sie konnte nicht gefährlich werden, solange sie unterwegs waren.

Es regnete fast ununterbrochen. Die von den ersten Herbststürmen herunter gewehten Blätter verwandelten die Wege in Morast.

Zwei Tage lang rollten sie ohne längere Pausen über aufgeweichte Straßen. Sie gönnten sich nur wenige Stunden Schlaf in einem Wirtshaus.

Nicht weit hinter der Stadt B*** erhoben sich die ersten Berge. An einer Weggabelung, die Gismut ihnen beschrieben hatte, verließen die Zwei die Landstraße und bogen auf einen

Waldweg ab. Sie kamen bald nicht weiter, der Weg wurde durch kürzlich heruntergestürzte Felsbrocken versperrt. Magister Mellikor stieg aus und bedeutete Hans, in der Kutsche zu warten.

In Begleitung eines Zwerges, der eine Lederschürze trug, kam er nach geraumer Zeit zurück. Er hieß Hans mit dem Korb aussteigen und verband ihm die Augen. „Das möchten die Zwerge so", erklärte er ihm, „kein gewöhnlicher Mensch soll den Weg zu ihrem Gold kennen." Der Zwerg nahm Hans an die Hand und führte ihn sorgsam einen holprigen Weg entlang. Hans kam es vor, als gingen sie immerfort im Zickzack. Im Regen war das nicht einfach, denn der Weg war glitschig.

Ohne Zwischenfall erreichten sie einen Höhleneingang. Ein anderer Zwerg wartete dort mit einem Licht, um den Weg ins Berginnere zu beleuchten. Nach einigen Schritten wurde Hans die Binde von den Augen genommen. Magister Mellikor und er mussten sich bücken, damit sie sich nicht an der Decke des Ganges die Köpfe stießen. Sie wurden in eine von kunstvoll geschmiedeten Laternen hell erleuchtete Halle geführt. Auf einem erhöhten Thron saß ein Zwerg mit einem langen weißen Bart und einem Goldreif um die Stirn.

„Gutmut, unser König, heißt euch willkommen", begrüßte sie ein in Samt gekleideter Zwerg, der mit einem Zeremonienstab in der Hand neben ihm stand. „Ich bin Goldhand, der Oberaufseher des Bergwerks."

Magister Mellikor verbeugte sich vor dem König. „Ich bin der Zauberer aus dem Wald, und dies ist mein Diener Hans. Wir sind gekommen, um Euren Rat einzuholen."

„Bist du der Zauberer, bei dem einer von uns gedient hat?", fragte König Gutmut. „Ja, der bin ich. Ich bin zutiefst beschämt, wie schlecht ich Gismut behandelt habe. Jetzt ist er Zuckerbäcker und hat mir großmütig verziehen. Er schickt

Euch ergebene Grüße und empfiehlt uns Eurer Weisheit."
„Was für ein Anliegen führt euch zu uns?"
„Wir bringen eine seltene, giftige Schlange. Sie war als todbringendes Geschenk gedacht. Gismut hat uns von den Heilkünsten erzählt, die mit Schlangengift erzielt werden. Wir wollen fragen, wie man das Gift dieser Schlange zu Medizin macht." König Gutmut betrachtete die Schlange im Korb.
„Könnt Ihr uns das Geheimnis verraten?", drängte Magister Mellikor. „Dann kann unser Apotheker die Medizin selbst fertigen. - Oder sollen wir die Schlange Euch überlassen, damit ihr das Gift für die Salbe verwendet?"
König Gutmut dachte nach. „Es ist schwierig und gefährlich, der Schlange das Gift aus den Zähnen zu entfernen. Unser Heiler hat darin Erfahrung. Er kennt die anderen notwendigen Zutaten für die Heilsalbe. Es ist das Beste, ihr lasst die Schlange in unserer Obhut. - Bedenkt auch", fuhr er mahnend fort, „wenn sich herumspricht, dass der Apotheker mit Schlangengift eine Medizin herstellt, glauben die Leute gleich an Hexerei oder Gift zum Töten." „Das leuchtet ein", stimmte Magister Mellikor zu. „Die Schlange sei dann ein Geschenk von Meister Abraham."

Als er sich verneigte, um sich zu verabschieden, lud König Gutmut ihn zu einem stärkenden Trunk ein. In einem prächtigen goldenen Kelch wurde eine grüne Flüssigkeit herein getragen. Magister Mellikor nahm einen Schluck von dem süßen Getränk. Er wollte den Kelch an Hans weiterreichen, Goldhand aber schüttelte den Kopf. „Das schadet einem gewöhnlichen Menschen", erklärte er, „es ist ein Trank nur für Zauberer." Eine Zwergenfrau stand schon neben Hans und reichte ihm in einem silbernen Becher köstlichen Wein. „Der wird dir besser bekommen."

Bevor sie aus der Berghöhle ans Licht traten, wurde Hans die Binde wieder über die Augen gelegt. Es regnete noch immer. Magister Mellikor führte ihn über den holprigen Weg zurück zur Kutsche. Kaum saßen sie darin - Hans hatte eben die Zügel in die Hand genommen - wurde dem Zauberer schwarz vor Augen. Hans hielt den Ohnmächtigen gerade noch fest, als der auf den Kutschenboden zu rutschen drohte.

Er hielt sein Taschentuch in den Regen und legte es dann seinem Herrn auf die Stirn. Der rührte sich kurz und murmelte undeutliche Worte. Es klang, als unterhielte er sich mit jemandem. Hans konnte nicht verstehen, was er sagte. Mehrmals feuchtete er das Tuch im Regen von neuem an. Viele Fragen wirbelten ihm gleichzeitig durch den Kopf. Wurde der Zauberer ernstlich krank? Sollte er Hilfe holen? Durfte er ihn im Wald alleinlassen?

Plötzlich schlug Magister Mellikor die Augen auf. „Nanu! Wie komme ich in die Kutsche?" „Du hast mich doch vom Goldbergwerk hierher geführt", erklärte Hans.

„Das kann nicht sein. Ich war gerade bei der Elfenkönigin!" „Bei der Elfenkönigin? Wie ist das möglich? Du hast die ganze Zeit ohnmächtig neben mir gelehnt. Ich habe dir feuchte Tücher auf die Stirn gedrückt aus lauter Angst, du bist krank." „Ach, da ist ja ein Tuch auf meiner Stirn", stellte Magister Mellikor fest. „Ich habe offenbar geträumt. Alles war so lebendig und wirklich! Mir ist, ich sei bei den Elfen gewesen!" Hans sah Magister Mellikor an. „Hat das der Trank bewirkt, den dir König Gutmut kredenzte?", fragte er. „Meinst du?" wunderte sich der Zauberer, „Goldhand hat gewarnt, er würde dir schaden. Vielleicht solltest du nicht das erleben, was ich eben erlebt habe. Gewiss wollte die Frau Königin nur mit mir sprechen." „Darfst du mir erzählen, was du erfahren hast?", fragte ihn Hans. „Wohl nicht in allen Einzelheiten. So viel kann ich sagen: Wir haben darüber gesprochen, dass Meister Abrahams Haus vor gefährlichen Geschenken in

Zukunft geschützt werden muss. Die Person, die einem der beiden den Tod wünschte, wird wieder versuchen, ihm zu schaden."

Hans mahnte zur Eile.

Die Rückfahrt, die wiederum zwei Tage dauerte, kam ihnen schrecklich lang vor. Daher bogen sie nicht zum Schloss ab, sondern fuhren direkt in die Stadt zu Meister Abrahams Haus. Er war in der Apotheke, wie ihnen Isabella sagte. Dorthin wollten sie jedoch nicht, denn jemand hätte Magister Mellikor als den erkennen können, der bei Gericht das Geständnis des Mörders erzwungen hatte.

So blieben sie und berichteten Isabella von ihrem Besuch im Bergwerk. Sie freute sich, dass die Schlange dort geblieben war und einem guten Zweck diente. Von seiner Ohnmacht und dem Gespräch mit der Elfenkönigin erzählte Magister Mellikor ihr nichts, denn er wollte sie nicht unnötig beunruhigen.

Meister Abraham kam zum Abendessen. Er war erstaunt, seine Freunde so schnell wiederzusehen. Der Zauberer berichtete ihm von seinem Besuch bei den Zwergen und bat ihn um ein Gespräch unter vier Augen.

Nach dem Essen zogen sich beide Männer in die Studierstube zurück. „Die Elfenkönigin lässt dich grüßen", begann Magister Mellikor, „ich bin ihr in einer Art Traum begegnet und durfte mit ihr sprechen."

„Die Zwerge haben dir sicherlich ihr geheimes Getränk gegeben, das dir Träume wie wahre Begebenheiten erscheinen lässt." „Sie gaben mir einen grünen Saft. Hans sagt, ich sei längere Zeit ohnmächtig gewesen." „Der ‚Saft der Lebendigen Träume'!", bekräftigte Meister Abraham. „Das muss es gewesen sein. - Die Elfenkönigin ist wie ich in Sorge, ein Anschlag auf euer Leben könnte sich wiederholen. Sie riet mir zu einem Zauber, der die Geschenke, die in böser Absicht bei euch abgegeben werden, verwandelt." „Isabella sollte davon besser nichts erfahren", bat Meister Abraham, „sie weiß nicht, dass du ein Zauberer bist, sie würde dich sonst nicht im Haus dulden. Bitte, führe den Zauber aus, solange sie sich mit Hans in der Stube unterhält."

Magister Mellikor fuhr mit dem Zauberstab über die Schwelle und den Rahmen der geschnitzten Haustür, dabei murmelte er undeutlich eine Beschwörungsformel. An der Hintertür verfuhr er ebenso. „Alle Geschenke, die man in Zukunft zu eurem Verderben ins Haus bringt, werden sich in Kuchen oder andere Süßigkeiten verwandeln. Davon dürft ihr ohne Sorge naschen", versicherte er.

V

Die folgenden Wochen verbrachten der Zauberer und Hans im Schloss und erholten sich in der häuslichen Ruhe von all den Aufregungen.

Sehr früh im Jahr kam der Winter mit Eis und Schnee. Die Wege wurden fast unpassierbar. Hans erbat sich einen Schlitten und rodelte an sonnigen Tagen zur Wiese hinunter. Aus Spaß baute er eines Tages einen riesigen Schneemann in Gestalt des Zauberers. Als Zauberstab steckte er ihm seinen alten Knüppel in den Arm, als spitzen Hut eine junge Tanne in den Kopf. Aus Tannen- und Kiefernzapfen, die er am Waldrand unter dem Schnee fand, entstanden Augen, Mund und Nase. Auf der Brust brachte er Lärchenzapfen an zu einem Monogramm *M M*. Ohne Scheu setzte sich der Rabe auf die Schulter der Figur und putzte im Sonnenschein sein schwarzglänzendes Gefieder.

Magister Mellikor fand solche Vergnügungen reichlich kindisch. Er verbrachte die Zeit lieber am Kamin im Turmzimmer mit seinen Studien. Besonderen Gefallen fand er an einem alten Zauberbuch seines Großvaters, das er auf dem obersten Bücherbord in der Studierstube gefunden hatte. In ihm stöberte er nach Zaubersprüchen, die er nicht kannte. Fand er einen solchen, erprobte er ihn. Nicht nur Sprüche für Zauberer, sondern auch solche für Hexen standen in diesem Buch. Mit den Hexensprüchen konnte er nicht recht etwas anfangen. Er las sie trotzdem aus Neugier.

Eines Nachmittags, es war fast dunkel, kam ein Pferdeschlitten an das Schloss. Als er Thomas auf der vorderen Bank erkannte, öffnete Hans freudig die Tür. Meister Abraham und Isabella saßen hinter ihrem Diener in dicke Pelze gehüllt.
Magister Mellikor trat besorgt aus der Halle. „Was ist geschehen, dass ihr den mühsamen Weg auf euch genommen habt?" „Dass es so lange dauert, durch den Schnee voran zu kommen, haben wir nicht geahnt. Lass uns später erzählen, warum wir die Fahrt hierher gewagt haben, wir sind mächtig durchgefroren." „Kommt herein und wärmt euch auf", lud der Hausherr sie ein.
Hans versorgte sie mit heißem Tee am Kamin, bevor er sich mit Thomas um das Pferd kümmerte. Dann deckten sie die Tafel. Eine Brühe dampfte in silbernen Schalen, Braten und Gemüse, Brot, Früchte und Pudding standen im Nu bereit. Sie setzten sich um den Tisch.
„Gibt es Neues in der Stadt?", fragte der Zauberer. „Nicht direkt. Bei dem Wetter geht kaum jemand freiwillig auf die Straße. In meiner Apotheke herrscht allerdings ein reges Kommen und Gehen, die Grippe ist ausgebrochen", erzählte Meister Abraham.
„Das ist gut für dein Geschäft", lachte der Schlossherr. „Ja. – Doch scheint mir die Gefahr groß, dass Isabella sich ansteckt, wenn so viele Menschen krank sind. Ich möchte dich fragen, ob sie ein, zwei Wochen hier bei dir bleiben kann."

„Natürlich! Du solltest auch bleiben", bot Magister Mellikor ihm an. „Das geht nicht. Diese eine Nacht bleibe ich gern. Morgen werde ich dringend gebraucht. Wer sonst soll den Kranken die nötige Medizin geben? Ich kann mich selbst notdürftig vor Ansteckung schützen mit den Mitteln, die ich vorrätig habe. Für meine geliebte Isabella scheint mir solche Vorsorge nicht sicher genug."
So blieb Isabella.

Sie merkte bald, dass es im Schloss seltsam zuging. Niemals wurde etwas getan, um die Räume in Ordnung zu halten, dennoch sahen sie sauber und gepflegt aus. Nie stand Hans am Herd, um die vorzüglichen Mahlzeiten zuzubereiten. „Ich kann nicht gut kochen", entschuldigte er sich. „Es schmeckt so doch viel besser." „Magister Mellikor ist ein Zauberer, nicht wahr?", fragte Isabella ihn rundheraus. Hans bejahte, beruhigte sie aber: „Er ist ein ungewöhnlich rücksichtsvoller und freundlicher Mensch, der niemandem etwas Böses will." Isabella musste zustimmen: „Ich kenne ihn lange genug. Ich habe mich daran gewöhnt, ihm zu vertrauen. Also ein Zauberer....nun ja."

Die Anwesenheit Isabellas störte Magister Mellikor insgeheim. Mit einer Frau - außer seiner Mutter - hatte er niemals unter einem Dach gelebt. Er nahm ungewohnte Rücksicht, ließ sich aber nichts anmerken, er war vielmehr ganz besonders zuvorkommend.
Hans hingegen war überglücklich. Er unterhielt sich mit der Frau des Apothekers über ganz Alltägliches. Sie lachten viel zusammen. Sie stellten sich gemeinsam an den Herd und bereiteten zur Abwechslung selbst Mahlzeiten zu. Das Leben im Schloss war plötzlich so viel lebendiger! Als Isabella abreiste, fiel Hans deutlicher auf, was er in der Abgeschie-

denheit des Waldes vermisste: andere Menschen, die so dachten und fühlten wie er.

VI

Isabella war längst wieder in der Stadt, da endlich kündigte sich der Frühling an. Der Schnee schmolz fast über Nacht. Auf der Wiese zeigten sich die ersten wilden Krokusse. Hans packte eine unbändige Lust, etwas zu unternehmen. Selbst Magister Mellikor hatte es satt, nur über seinen Büchern zu sitzen, und stimmte einem kurzen Ausritt zu.

Die Pferde trugen sie in scharfem Trab durch den Wald. Haselkätzchen blühten, und an den Eichen schwollen die Knospen. Die beiden Reiter unterhielten sich so angeregt, dass sie nicht auf ihre Umgebung achteten. Unvermittelt brach eine aufgebrachte Bärin aus dem Gebüsch. Sie war mit ihren beiden Jungen aus dem Winterschlaf erwacht. Ihre Jungen fühlte sie durch die Heranpreschenden bedroht. Dem vorderen Reiter stellte sich die Bärenmutter aufrecht in den Weg. Mit einem Tatzenhieb fegte sie ihn vom Pferd, als es sich laut wiehernd aufbäumte.

Magister Mellikor fiel so unglücklich, dass er an einen Abgrund rollte und tiefer stürzte.

Hans sprang vom Pferd und sah ihn auf einem Felsvorsprung liegen. Blut strömte aus einer Wunde am Kopf. Fieberhaft überlegte er, wie er seinen Freund heraufholen könnte. Er sah sich um und fand sein Pferd unverletzt unter einer Tanne. Das andere Pferd und die Bärin mit ihren Jungen waren verschwunden. Hans atmete tief durch.

Er schaute abermals hinab. Bis dorthin, wo der Zauberer reglos lag, war der Abhang zwar ziemlich steil, aber mit niedrigen Büschen hier und da bewachsen. An einigen Stellen ragten kleinere Felsbrocken aus der Schräge, an denen man sich zur Not ebenfalls festhalten konnte. „Was, wenn ich bei dem Versuch, ihn zu erreichen, selbst abstürze?", ging es ihm durch den Kopf.

Ein Seil musste her! Er sah sich suchend um. Das Zaumzeug des Pferdes: die Zügel, der Sattelgurt, die Riemen der Steigbügel..., daraus knotete er eine Art Band. Wo sollte er es befestigen? Der nächste Baum stand zu weit vom Abhang entfernt.

Zu seinen Füßen gewahrte er den Zauberstab, den festen Eichenstock. Mit einem Stein rammte Hans ihn in die Erde, bis nur der Knauf mit der silbernen Verzierung herausguckte. Daran befestigte er das lederne Band, schlang sich das andere Ende um die Brust und begann hinunterzusteigen.

Es ging besser als gedacht. Er fand Halt für seine Füße und konnte sich mit den Händen hier und dort einmal festhalten, bis er auf dem Felsvorsprung angelangt war.

Zuerst untersuchte er die Kopfwunde Magister Mellikors, sie sah böse aus. Er riss einen Streifen von seinem Hemd und legte dem Bewusstlosen einen Verband an. Er löste die Leine von seiner Brust und wickelte so viel wie möglich von ihr um die Brust des Freundes.

Der Verletzte schlug die Augen auf, sah sich um und erkannte die verzweifelte Lage, in der sie sich befanden. Er bedeutete Hans mit einer schwachen Bewegung der Hand, mit dem Aufstieg zu beginnen. Mühsam kletterte Hans den steilen Abhang nach oben. Als er sicheren Boden unter den Füssen fühlte, zog er den Verletzten Stück um Stück höher. Magister Mellikor half, so gut es ging, mit: Er klammerte sich mit seinen schwindenden Kräften an die Büsche und passte auf, dass sein Körper nicht zu oft mit spitzen Felsbrocken zusammenstieß oder an einem Busch hängen blieb.

Nach unendlicher Mühe gelang es Hans, den geschwächten Körper über die Abbruchkante zu ziehen. Er bettete ihn ins weiche Gras. Geschafft! Fürs erste geschafft!

Erleichtert setzte sich Hans neben den Freund, um seine verkrampften Hände und Arme unter Kontrolle zu bringen. Magister Mellikor verlor erneut das Bewusstsein.

Von der Anstrengung ruhte Hans erst einmal aus. Noch lebte sein Freund, sein Atem ging unregelmäßig und schwach. Wie nur sollte er ihn nach Hause schaffen?

Er dachte daran, ihn quer über den Rücken des Pferdes zu legen und ihn so aus dem Wald zum Schloss zu führen. Das würde den Ohnmächtigen vermutlich das Leben kosten.

Besser war es sicherlich, ihn liegend fortzubewegen.

Hans suchte unter den nahen Bäumen starke Äste und brach sie in gleich lange Stangen. Diese und den Zauberstab, den er aus der Erde gezogen hatte, schnürte er mit dem ledernen Band zu einem Gestell zusammen, das sich wie ein Schlitten über den Boden ziehen ließ. Mit Reisig und der Satteldecke polsterte er es notdürftig aus. Darauf legte er seinen bewusstlosen Freund.

So behutsam es ging, zog er das Gestell bis an den Waldrand. Das Pferd trottete hinterher. Dem Fahrweg, der am Wald entlang führte, folgte Hans bis zum nächsten Hof. Dort klopfte er an ein Bauernhaus.

Die Bauersfrau öffnete. Als sie den merkwürdigen Schlitten mit dem Verletzten darauf sah, wich sie zurück. „Ist er tot?"

„Nein. Wir brauchen dringend Hilfe. Mein Herr ist verunglückt und muss in die Stadt zu einem Arzt." „Was kann ich tun?", fragte die Frau.

„Habt ihr einen Wagen oder Karren, auf den ich meinen Herrn legen kann?" „Wir haben wohl einen Karren, können ihn dir aber nicht geben, denn es ist unser einziger Wagen für die Arbeit auf dem Feld." „Kannst du ihn mir nicht ausleihen?", fragte Hans bescheiden. „Wenn der zu Schaden kommt, können wir uns keinen neuen kaufen."

Enttäuscht sah Hans die Bäuerin an. „Ich mache dir einen Vorschlag", sagte er nach einigem Zögern, „du leihst mir den Karren mit dem Zugtier. Euch lasse ich dieses edle Pferd zum Pfand. Wenn ich in drei Tagen nicht wieder hier bin, dürft ihr das Pferd verkaufen und euch etwas Neues beschaffen."

Die Frau sah sich das Pferd sachkundig an, dann stimmte sie zu. Sie holte den Wagen und half, Magister Mellikor in dem Karren auf Stroh zu betten. Sie brachte einen Esel aus dem Stall, den sie selbst einschirrte. Dann erst merkte sie, wie erschöpft Hans war. Sie reichte ihm, bevor er fuhr, einen Trunk Wasser und eine Scheibe Brot mit Speck.

Am Abend hielt der Eselskarren vor dem Haus Meister Abrahams. Thomas öffnete neugierig die Tür. Als er Hans im Schein der Laterne erkannte, ließ er ihn in den Hof und holte schnell seinen Herrn. Meister Abraham erschrak sehr, denn der Zauberer schien leblos auf dem Stroh zu liegen. Hastig öffnete er ihm die Kleidung über der Brust und fühlte nach dem Herzen. „Er lebt. Er ist sehr schwach. Wir müssen ihn ins Haus tragen."

Zu dritt hoben sie den Verletzten aus dem Karren und brachten ihn in ein Gästezimmer. Dann schickte Meister Abraham seinen Diener, den Arzt zu holen.

VII

Der Arzt kam noch in der Nacht. Er untersuchte die Wunde gründlich und verband sie. „Sie stammt von einer Bärentatze. Sie ist nicht tief, Knochen sind keine gebrochen", erklärte er. „Der Verletzte hat eine gehörige Gehirnerschütterung, wie bei dem Sturz nicht anders zu erwarten. Er ist geschwächt durch den Blutverlust. Er sollte mehrere Tage ruhig im Bett bleiben und gut versorgt werden." Nach diesen Worten fühlten sich alle erleichtert.

Hans berichtete Meister Abraham und Isabella in wenigen Worten, wie es zu dem Unfall gekommen war und wie er den Verletzten geborgen und zu ihnen gebracht hatte. Jetzt erst erkannten sie, dass Hans sich kaum auf den Beinen halten konnte. Sie setzten ihm eine warme Mahlzeit und einen Krug Bier vor. Thomas machte ihm inzwischen ein Bett zurecht.

Am nächsten Vormittag fuhr Hans zu den Bauern zurück, um ihnen den Karren und ein Geschenk zu bringen. Das Pferd wollte er ihnen nicht überlassen, er brauchte es selbst.

Unterdessen lag Magister Mellikor bewusstlos mit Fieber im Bett. Er glühte am ganzen Körper. Meister Abraham und Isabella machten ihm kalte Wadenwickel und legten Heilkräuter auf seine Brust. Wie sollten sie ihm etwas zu trinken einflößen? Trinken war jetzt das Wichtigste - und ständige Betreuung. Beide dachten gleichzeitig an den Zuckerbäcker, der den Kranken am besten kannte. Der schloss bereitwillig seinen Laden, als sie ihn um Hilfe baten, und ging mit ihnen ans Krankenbett.

Gismut tauchte einen Leinenlappen in Wasser und legte ihn dem Bewusstlosen auf die Lippen. Manchmal sog der Zauberer an dem Stoff. Das bestärkte den Zwerg, mit seinem Tun nicht nachzulassen. Isabella löste ihn von Zeit zu Zeit ab.

Vier Tage und Nächte lag Magister Mellikor im Fieber. Dann war es gebrochen. Er schlief tief und wachte nur manchmal halb auf, wenn er an dem nassen Tuch saugte. Damit er ein wenig zu Kräften kam, kochte Isabella eine Fleischbrühe, und Gismut tauchte das Leinen nun in die Brühe. Am Morgen des fünften Tages öffnete der Zauberer kurz die Augen, erkannte aber keinen der Anwesenden.

Das Fieber war verschwunden. Die Wunde eiterte allerdings stark. Von Stunde zu Stunde verschlimmerte sich ihr Aussehen. Der Arzt, der jeden Tag nach dem Kranken schaute, konnte mit seinen Salben und Tinkturen nichts ausrichten.

„Kannst du ihn nicht durch einen Zauber gesund machen?", fragte Gismut Meister Abraham, „du warst doch ein Zauberer." „Nein", antwortete entschieden der Apotheker, „verlange das nicht von mir. Ich habe in der letzten Nacht einen schweren inneren Kampf deswegen ausgefochten und habe entschieden: So gern ich helfen will, ich darf nicht zaubern. Die Unsichtbaren müssten mich ebenso bestrafen wie dich damals. Ich möchte auch nicht das Vertrauen meiner Frau aufs Spiel setzen und später ihr und meinem Kind nicht in die Augen sehen können. Isabella hat mir vor ein paar Tagen eröffnet, dass sie ein Kind erwartet." Der Zuckerbäcker war von der Nachricht nahezu überwältigt. Aus vollem Herzen beglückwünschte er Meister Abraham.

Sein Blick fiel wieder auf den Bewusstlosen. „Vielleicht nützt uns die Heilkunst der Zwerge", überlegte er laut. „Wer aber soll hin?", fragte Meister Abraham, „wir müssen bleiben und den Kranken pflegen."
„Wer soll wohin?", fragte Hans, der eben ins Zimmer trat.
„Jemand muss zu den Zwergen und sie um die Schlangensalbe bitten", erklärte Gismut. „Ich gehe", sagte Hans. „Erinnerst du dich denn, wo ihr Bergwerk liegt?" „Ja, so ungefähr. Ich werde es auf jeden Fall finden und die Medizin mitbringen."

Am Tag darauf machte Hans sich zu Pferd auf den Weg nach B***. Er war trotz seiner Ungeduld zwei Tage unterwegs, denn er durfte das Pferd nicht zuschanden reiten. Kurz hinter der Stadt entdeckte er die Weggabelung, an der sie damals abgebogen waren.

Als die Felsbrocken ein Weiterreiten unmöglich machten, war er sich sicher, auf dem richtigen Pfad zu sein. Er ließ sein Reittier zurück und marschierte wohlgemut los.

Natürlich konnte er den Weg zum Bergwerk nicht finden, denn seine Augen waren ja beim ersten Besuch verbunden gewesen. Mehrmals rief er deshalb laut nach den Zwergen, denn er erwartete, einen von ihnen im Wald anzutreffen. Alles blieb still, nur das Echo gab seine Rufe zurück.

Im Bergwerk feierten zu der Zeit, als Hans im Wald umherirrte, Elfen und Zwerge gemeinsam ein Abschiedsfest. Die Elfen planten, an diesem Tag auf die blühende Wiese zurückzukehren.

Die Elfenkönigin bedankte sich gerade für die Gastfreundschaft König Gutmuts, als sie mitten in ihrer Rede verstummte. Zwerge und Elfen sahen sie verständnislos an. Sie schien angestrengt mit geschlossenen Augen zu lauschen. „Ein Mensch ruft, König Gutmut", sprach sie endlich, „seine Stimme kommt mir bekannt vor."

Sofort verließen einige Zwerge den Festsaal. Sie kamen bald zurück und berichteten: „Der Diener des Zauberers, der uns die Schlange gebracht hat, irrt im Wald umher und verlangt nach uns." „Magister Mellikor ist in Gefahr", rief die Elfenkönigin erschrocken. „Wie erfahren wir, was geschehen ist, ohne dass der Mensch hierher kommt?" „Die Quelle", sagte Goldhand, „wir leiten ihn zur ‚Quelle des Schlafs'."

Hans hörte bald neben sich das leise Gurgeln eines Wassers. Es entsprang aus einem Felsenriss und sammelte sich in einem von Gras umsäumten Becken. Als Rinnsal bahnte es sich weiter den Weg durch Moos und Geröll. Hans merkte auf einmal, wie heiß ihm war und dass Durst ihn plagte. Er setzte sich neben das Rinnsal und hielt einen Fuß um den anderen in das kühle Nass. Als es ihm besser ging, schöpfte er in der hohlen Hand einige Schlucke Wasser aus der Felsspalte und trank begierig. Die Bäume drehten sich seltsam um ihn. Er glitt zur Seite und schlief ein.

Ein Zwerg, der im Wald geblieben war, um Hans zu beobachten, meldete wenig später im Festsaal: „Der Diener des Zauberers hat von der Quelle getrunken und ist eingeschlafen."

König Gutmut und die Elfenkönigin begaben sich mit kleinem Gefolge zur Quelle. Da lag Hans tief im Schlaf und redete vor sich hin. Es dauerte eine Weile, bis sie seine Worte verstanden. „Der Zauberer hat eine eiternde Wunde, die zum Tode führen kann", sprach die Elfenkönigin. „Da hilft unsere Schlangenmedizin", sprach König Gutmut. „Er hat uns damals die seltene Schlange gebracht, jetzt soll er durch ihr Gift geheilt werden." Goldhand schickte einen Zwerg in die Höhle und hieß ihn von der Salbe holen. Den Tiegel stellten sie neben den Schlafenden ins Gras.

Als Hans aufwachte, schaute er sich erstaunt um, denn es war fast Abend. Er hatte doch eben erst vom frischen Quellwasser getrunken! Er erhob sich etwas steif und entdeckte im Gras einen rotgemusterten Tiegel. Er hob ihn auf, öffnete den Deckel und fand Salbe darin. Da begriff er, warum er eingeschlafen war. „Die Zwerge haben nicht gewollt, dass ich ihr Bergwerk entdecke. Sie haben mir auf diese Weise geholfen", dachte er und rief den Zwergen ein „Danke" in den Wald.

VIII

Den Weg von der Quelle zurück fand Hans ohne Mühe. Er tränkte das Pferd an einem Graben und ritt die Nacht und den nächsten Tag durch. Stürmisch läutete er um Mitternacht an der Gartentür. Gismut, der am Bett Magister Mellikors wachte, öffnete ihm. „Es ist höchste Zeit!", entfuhr es ihm. „Ich fürchtete, du würdest nicht mehr rechtzeitig kommen. Der Arzt weiß nicht weiter."

Sie weckten Meister Abraham und gaben ihm die Salbe. Er löste den Verband von der Wunde. Sie sah bösartiger aus als an den Vortagen. „Sollten wir sie zuerst mit frischem Wasser säubern? Oder wirkt die Salbe besser, wenn sie direkt aufgetragen wird?", überlegte der Apotheker.

„Ich glaube mich zu erinnern", sagte Gismut, „dass sie direkt aufgetragen wurde." Meister Abraham nahm einen silbernen Löffel und strich mit dem Stiel die Salbe auf die eiternde Wunde. Er ließ sie einige Zeit an der Luft einziehen, dann legte er ein sauberes Tuch lose darüber. „Jetzt können wir nur noch hoffen."

Nach Stunden schlug Magister Mellikor die Augen auf. Sein Blick traf Gismut, der an seinem Bett Krankenwache hielt. „Wo hast du meinen Zauberstab gelassen, elende Kreatur", krächzte er. „Was sitzt du hier untätig herum?"

Gismut sah ihn entsetzt an. Konnte es sein, dass der in seine alten Gewohnheiten zurückgefallen war? „Bring mir zu essen und zu trinken", schnauzte der Zauberer mit schwacher Stimme, „aber ein bisschen flott!"

Gismut floh aus dem Zimmer und berichtete: „Dem Kranken geht es besser, er verlangt etwas zu essen." Isabella kochte einen Gemüsebrei, der leicht zu schlucken war. Sie trug das Tablett selbst ans Bett des Kranken. Er schaute sie verständnislos an. „Wer bist du? Wo ist mein Diener, der faule Zwerg? Der sollte mir Essen bringen!"

„Ich bin Isabella, Meister Abrahams Frau." „Meister Abraham, Meister Abraham….wer ist das?", wollte der Zauberer wissen. Isabella verließ ohne Antwort den Raum. Sie klagte den anderen, die in der Stube versammelt waren, Magister Mellikor habe offenbar sein Gedächtnis verloren.

„Das habe ich gedacht", stimmte Gismut zu, „als er mich für seinen Diener gehalten und mich so grob behandelt hat wie früher." „Ob er mich erkennt?", überlegte Hans. Er trat mit dem Zauberstab in der Hand an das Krankenbett. „Was soll der Stock da?", fragte Magister Mellikor ungehalten. Hans sagte nichts, sondern hielt seinem Freund den Stab vor das Gesicht. Obwohl er ihn mehrmals gereinigt und mit Fett eingerieben hatte, sah der Stab ziemlich mitgenommen aus, seitdem er ihn in die Erde gerammt hatte. Der Zauberer starrte auf den Stab und schlief wieder ein. Das Essen hatte er nicht angerührt.

„Er muss unbedingt etwas essen", entschied endlich Meister Abraham. Und zum Zuckerbäcker gewandt meinte er: „ Es ist wohl vorerst das Beste, du bleibst bei ihm, Gismut. Dich hat er erkannt und nimmt vielleicht von dir etwas zu essen an, selbst wenn er dabei ungehobelt mit dir umspringt. Wir müssen ihm Zeit geben, sich an alles zu erinnern."

So kam es, dass Gismut am Bett saß, wann immer Magister Mellikor aufwachte, und ihn bediente, wie schlecht gelaunt sein ehemaliger Herr auch schien. Wenn der Zauberer schlief, setzte Hans sich ans Bett und erzählte mit leiser Stimme von ihrer Bekanntschaft, ihrer Freundschaft und den Abenteuern, die sie zusammen erlebt hatten. Von dem Unfall sprach er absichtlich nicht.

Eine Woche verging, in der sich der Zustand Magister Mellikors nur sehr langsam besserte. Die Zeitspanne, in der er wach blieb, wurde von Tag zu Tag etwas länger. Eines Nachmittags setzte er sich mit einem Ruck im Bett auf und sah sich um. „Wo bin ich?", fragte er, „diesen Raum kenne ich nicht." „Du bist bei Meister Abraham im Haus", entgegnete Gismut, „du warst lange Zeit sehr krank." „Und du hast mich gepflegt?", fragte ungläubig der Kranke. „Nicht nur ich, auch Hans, Meister Abraham und Isabella. Wir waren in ständiger Sorge um dich."

Magister Mellikor griff mit der Hand an den Kopf. „Mein Kopf tut mir weh", seufzte er, „warum ist ein Verband darum?" „Das soll dir Hans erklären. Nur so viel sollst du wissen, die Salbe der Zwerge hat dich gerettet."

Hans erzählte wieder und wieder vom Unfall und der Rettung in allen Einzelheiten. Er tat das mit großer Geduld, bis Magister Mellikor sich Stück für Stück erinnerte. Später erst berichteten Meister Abraham und Gismut über die eiternde Wunde und die Heilung durch die Schlangengiftsalbe. Schließlich schilderte Hans, dass er die Zwerge zwar nicht gefunden, die Salbe trotzdem erhalten hatte. „Und mein Zauberstab?", erkundigte sich Magister Mellikor, als er kräftiger war und kurz aufstehen durfte. „Hier." Hans hob den Stab hoch und sagte entschuldigend: „Ich habe versucht, ihn zu reinigen und zu glätten. Es ist mir nicht ganz gelungen. Dadurch, dass ich ihn in die Erde gerammt und ihn anschließend für das Schlittengestell genommen habe, ist er arg zerschrammt. Ich fürchte, er hat seine Zauberkraft verloren." „Das mag sein" erwiderte seufzend Magister Mellikor. „Die Unsichtbaren erlauben keinen Missbrauch eines Zauberstabs. Mich wundert allerdings, dass er noch hier ist. Du kannst jedenfalls nicht versucht haben, damit zu zaubern, Hans, mein Freund." „Nein, nein. In meiner Angst, wie ich dich retten könnte, ist mir nicht eingefallen, dass dein Spazierstock Zauberkräfte hat. Ich fand ihn hilfreich als Pflock, an dem ich die Lederleine anbringen konnte." „So hat der Stab mich nicht durch Zaubern, eher durch dein beherztes Handeln gerettet. Die Unsichtbaren waren sichtlich gnädig zu mir."
Magister Mellikor nahm den Stab ehrfürchtig in die Hand und betrachtete ihn lange gedankenverloren. Schließlich setzte er sich auf die Bettkante, murmelte etwas, und schon war er in einen seidenen Schlafrock gekleidet.

Ein glückliches Lächeln umspielte seine Lippen.

IX

Die regelmäßige Behandlung mit der Salbe hatte Erfolg, die Wunde heilte. Magister Mellikor war so weit, zurück in sein Schloss ziehen zu können.

„Hans, du treuer Freund", verkündete er eines Abends, „du darfst dir etwas wünschen. Ich für meinen Teil will in Zukunft geruhsam auf dem Schloss wohnen. Das wird dir auf die Dauer zu einsam, das weiß ich wohl. Du bist lebenslustig und brauchst mehr Menschen um dich als nur mich." „Ich weiß nicht... Ich möchte dich nicht verlassen", zögerte Hans. „Aber du hast recht, auf deinem Schloss in der Abgeschiedenheit zu leben, fällt mir immer schwerer", gestand er. „Ich scheine unruhiges Blut zu haben. Mich locken neue Aufgaben. – Wie richten wir es ein, dass ich weiter in deiner Nähe bleibe und gleichzeitig am Leben außerhalb des Schlosses teilhabe?"

„Würde es dir hier in der Stadt gefallen?", fragte Magister Mellikor und machte eine geheimnisvolle Miene. „Ja, sehr. Ich wäre nicht so weit von dir entfernt, ich habe Gismut, Isabella und ihren Mann zu Freunden. - Doch wer soll dich in Zukunft bedienen?" „Ist dir nicht aufgefallen, dass du mich schon lange nicht mehr bedient hast? Ich habe alles Nötige für uns beide gezaubert. In Zukunft könnte ich ohne Diener leben. Nur die Gespräche mit dir, mein Freund, werden mir fehlen."

„Wir können uns treffen, wann dir danach zumute ist", versicherte Hans. „Du hast jederzeit die Möglichkeit, ein Pferd zu besteigen oder in einer Kutsche zu kommen. Ich schaffe den Weg zu Fuß zu dir ohne weiteres." „Dann wollen wir es so halten. Wir suchen dir ein Haus." „Nicht so eilig", bat Hans,

„ich muss mich erst an den Gedanken gewöhnen. Zunächst komme ich mit dir und helfe dir, bis ich mich überzeugt habe, dass du wirklich allein zurechtkommst."
Sie zogen an einem der nächsten Tage zurück ins Schloss auf dem Berg.

Dorthin luden sie alsbald ihre Freunde zu einem Fest.
Auf der blumenübersäten Wiese vor der geheimen Hütte war zu Kuchen und heißer Schokolade gedeckt. Magister Mellikor bedankte sich für die Treue seiner Freunde. „Ihr habt mich nicht allein gelassen in meiner Not, ihr habt mich vielmehr aufopfernd gepflegt. Dafür danke ich euch von ganzem Herzen", beschloss er seine Rede.
Für jeden hatte er sich ein Geschenk einfallen lassen.
Meister Abraham erhielt ein seltenes Buch über Heilkunst mit Kräutern, das reich bebildert war. Für Isabella stand eine verzierte Wiege für das Kind, das sie erwartete, bereit. Gismut, der lange Zeit sein Geschäft vernachlässigt hatte, bereitete er eine besondere Freude, indem er ihm einen beträchtlichen Vorrat an fertiger Schokoladenmasse zauberte und ihm obendrein feine Werkzeuge, wie sie Silberschmiede gebrauchen, schenkte. Damit konnte der Zuckerbäcker weitaus kunstvollere Verzierungen an seinem Zuckerwerk anbringen als mit den hölzernen Stäbchen, die er gewöhnlich dafür benutzte. Für Hans hatte Magister Mellikor schon ein Haus am Rand der Stadt erworben, das wie durch Zauberei gerade zum Verkauf stand.

Am Abend, als die anderen Freunde fort waren, fragte der Zauberer Hans. „Hast du dir schon überlegt, was du künftig mit deinem Leben anfängst, jetzt, wo du nicht mehr in meinem Dienst stehst?" „Ich habe daran gedacht, Kaufmann zu werden. Da lernt man viele Menschen und ihre Wünsche und Hoffnungen kennen. In unserer Stadt fehlt zudem ein

Geschäft für die feineren Leute, denen das Angebot auf dem Markt nicht genügt. Wenn alles gut geht mit dem Geschäft, könnte ich mir vorstellen, in dem großen Haus Kinder armer Leute aufzunehmen und sie im Lesen und Schreiben unterrichten zu lassen, damit sie nicht so arm und unwissend bleiben müssen wie ihre Eltern." „Dazu brauchst du eine Frau." „Na klar, heiraten werde ich auf jeden Fall. Wie man an Meister Abraham sieht, ist das Leben erst vollständig mit einer Frau. Die Richtige muss mir aber erst über den Weg laufen."

Hans sah etwas wehmütig zum Schloss hinauf. Das Jahr, das er hier in Sicherheit zugebracht hatte, war reich gewesen und nun zu Ende. Er sah Magister Mellikor an: „Wie wirst du dich beschäftigen, wenn du ab jetzt hier allein lebst?" „Ich will das tun, was mir seit einiger Zeit sehr am Herzen liegt. Ich möchte über die Zauberkunst schreiben. Verschiedene Zaubersprüche habe ich damals aufgeschrieben, als mein erster Stab verschwunden war. Aus dem alten Buch meines Großvaters habe ich Zauberformeln, die ich ebenfalls aufnehmen möchte. Es soll ein Werk werden, das zugleich Anweisungen enthält, wie man mit Zauberstäben umgehen soll. Altes Wissen darf nicht verloren gehen. Der geheimen Macht, die **Die Unsichtbaren** über die Zauberstäbe ausüben, möchte ich nachspüren, denn ich verstehe sie nicht."

Magister Mellikor seufzte tief, als er hinzufügte: „Vielleicht erfüllt sich meine Hoffnung, eines Tages einen jungen Schüler zu finden, der die Fähigkeit und den Wunsch hat, das Zaubern zu erlernen."

Beide schwiegen. Hans hob sein Weinglas und prostete seinem Freund zu: „Gutes Gelingen!"

Teil III

Isabellas Schlaf

I

Auf der Bank vor seiner Hütte saß Magister Mellikor im Sonnenschein. Er hatte einen Brief seines Freundes in der Hand. Darin lud Meister Abraham ihn zum fünften Geburtstag seiner Tochter ein. Der Zauberer kannte die kleine Annabell gut, denn der Apotheker kam oft zu Besuch auf das Schloss und brachte das Töchterchen mit. Andere Kinder hatten er und Isabella leider noch nicht; umso eifriger umsorgten sie Annabell, ohne sie allzu sehr zu verwöhnen. Jetzt wurde das Kind also fünf!

Magister Mellikor stutzte: tatsächlich, über fünf Jahre waren seit dem Fest vergangen, das er zum Dank für die Treue seiner Freunde hier auf der Wiese gegeben hatte!

„Wie ist die Zeit nur so schnell vorübergezogen?", wunderte er sich.

Die Jahre hatte er für die Arbeit an seinem Buch genutzt. Die Zusammenstellung der Zaubersprüche war vorangekommen. Mit Meister Abraham hatte er lange Gespräche über die Elfenkönigin und **Die Unsichtbaren** geführt. Das Wirken dieser geheimnisvollen Mächte konnten die beiden Freunde noch nicht verstehen.

Enttäuscht war Magister Mellikor, dass er keinen Schüler fand. Wenn er sich in der Stadt B*** aufhielt, besuchte er jedes Mal den Käsehändler, bei dem er einst den neuen Zauberstab ausgesucht hatte. Er erkundigte sich dann, ob nicht ein Jüngerer einen Stab verlangt habe. Vor drei Monaten hatte der Ladenbesitzer ihm erzählt, dass nur der Alte vom See, der seit Jahren verschwunden war, auf der Durchreise einen sehr kostbaren Stab erworben hatte.

Magister Mellikor blickte wieder auf den Brief: „Was soll ich der kleinen Annabell bloß schenken?" Er richtete sich auf und zauberte allerlei Spielzeug für Mädchen herbei: Ein hölzernes

Schaukelpferd mit einem roten Sattel stellte sich vor ihm auf. Zu seinen Füßen erschien ein Puppenhaus mit drei Zimmern, alle mit Möbeln ausgestattet. Auf dem Herd in der Küche standen sogar kleine Töpfe und eine Pfanne. Eine vornehm angezogene Puppe setzte sich neben ihn auf die Bank. Sie trug ihr langes Haar offen, trug einen pelzbesetzten Umhang über ihrem Seidenkleid und einen Muff aus demselben Pelz auf einer Hand. An ihren Füßchen lugten feine Tanzschuhe unter dem spitzenbesetzten Unterrock hervor.

Neben ihr entdeckte der Zauberer eine Puppenwiege mit einem Himmel aus durchscheinendem Stoff, davor stand ein Tischchen mit dem allerliebsten Geschirr für die Puppe. Ein bunter Ball, ein fein geflochtenes Springseil, eine Schaukel, die man in einen Baum hängen konnte, und bunte Reifen zum Vor-sich-Hertreiben, das alles machte ihm die Auswahl schwer. Er ließ die Augen suchend über die Spielsachen gleiten und entschied sich schließlich für ein niedliches Puppengeschirr. Alles andere ließ er verschwinden. Um über das Muster auf dem Geschirr nachzudenken, hatte er jetzt ein paar Tage Zeit.

Der Zuckerbäcker sah keine Schwierigkeiten, etwas Passendes für Annabell zu finden. Ihm kam es auf ein äußerst praktisches Geschenk an: er hatte nie ohne Arbeit gelebt - außer in der Zeit seiner Prüfung durch Die Unsichtbaren - und konnte sich ein Leben, ohne tätig zu sein, deshalb überhaupt nicht vorstellen.

Gismut kaufte eine Schürze, weil er wusste, dass Annabell es liebte, ihrer Mutter in der Küche zu helfen, so gut sie es mit fünf Jahren vermochte. Er ließ das Schürzchen von einer seiner Kundinnen mit Kränzen aus Wiesenblumen und Marienkäfern besticken.

Er selbst war in seinem Laden keinen Tag ohne blütenweiße Schürze anzutreffen, wenn er die Leute bediente und ihnen seine Schokoladenkugeln und Pralinen verkaufte. „Wie macht er das bloß, Schokolade gibt solch hässliche Flecken, die man nicht so ohne weiteres auswaschen kann", staunten die Kundinnen ein ums andere Mal, wenn sie unter der Linde vor seinem Haus ein Schwätzchen hielten.

Er verriet natürlich niemals das Geheimnis. Im Beisein Magister Mellikors hatte er einmal gestöhnt über die ständige Plage mit den Flecken, und der Zauberer hatte seine dreizehn Schürzen zu immerwährendem Weiß verzaubert. Zur Tarnung hing der Zuckerbäcker in regelmäßigen Abständen einige nasse Schürzen zum Trocknen in den Garten. „Ob ich nicht den Meister bitte, dass er auch das kleine Schürzchen verzaubert?", lachte er in sich hinein.

Hans ließ sein Fuhrwerk anhalten, es war einfach kein Durchkommen auf der Dorfstraße. Von überall her strömten die Bauern auf dem Platz vor dem Wirtshaus zusammen. Ein Zelt war dort aufgebaut, drei buntbemalte Planwagen standen in einem Halbkreis um den Platz. Flöten- und Dudelsackmusik ertönte. „Die Gaukler! Die Gaukler!", riefen begeistert die Kinder auf der Straße. Hans erlaubte seinem Knecht Karl abzusteigen und sich das Spektakel anzusehen. Von seinem erhöhten Sitz aus erkannte er einen Feuerschlucker. In einem der bunten Wagen schien eine Wahrsagerin zu sitzen, denn eine Reihe Frauen stellte sich dort an und wartete. Hans fand an derartigen Dingen kein Vergnügen, harrte aber geduldig aus.

Auf einem Seil, das zwischen zwei Häusern über die Dorfstraße gespannt war, erschien ein Mädchen mit einer langen Stange und balancierte von einem Ende zum anderen. Die Leute gafften mit angehaltenem Atem. Als es das Ende des Seils erreichte, erklang ein befreites „Oh", alle klatschten.

Mit einem Korb in der Hand trat eine junge Frau an das Fuhrwerk und hob ihn Hans entgegen. Darin lagen verschiedene Tiere, die aus Stoff genäht und teilweise bekleidet waren. „Möchte der Herr ein Tier kaufen?", fragte die Frau. Hans sah sie an. Sie mochte in seinem Alter sein, hatte ein schlichtes, sauberes Kleid an und eine Leinenhaube auf dem Haar. Sie schien nicht zum fahrenden Volk zu gehören.

Hans gefiel die Frau.

Er nahm ihr den Korb ab und half ihr, zu ihm auf den Wagen zu steigen. „Erkläre mir, was es mit den Tieren auf sich hat", bat er sie. „Wie soll ich deine Frage verstehen? Dies sind Stofftiere, gefüllt mit Sägemehl, Erbsen oder Heu. Sie bergen keine Geheimnisse." Sie ließ ihn mehrere Tiere befühlen. „Doch, sie haben sicher etwas von deiner Art an sich. Wie kommst du darauf, einen Hund mit Schlappohren zu nähen und nicht mit spitzen Ohren? Warum ist eine Katze rot und nicht schwarz? Du musst dir dabei doch etwas vorstellen!"

„Na ja, ich schaue mir die Stoffe an und entscheide, welches Tier ich daraus nähen kann und ob der Stoff reicht, wie ich spitze Ohren zum Stehen kriege oder ob ich stattdessen Schlappohren mache."

„Das ist nicht alles", protestierte Hans, „du machst dir sicherlich spätestens beim Nähen Gedanken über die Tiere. Du fragst dich vielleicht, ob sie gerade fröhlich sind oder traurig, hungrig und gefährlich oder zufrieden und harmlos. – Hier dieser Hase zum Beispiel..." Er nahm einen Hasen mit weichen langen Schlappohren aus dem Korb. Er war mit einer grünen Hose und einer hellblauen Jacke bekleidet. Auf dem Kopf saß ein keckes Hütchen mit Löchern, aus denen seine weichen Ohren heraushingen. Lange Arme und Beine schlenkerten bei jeder Bewegung, die Hans mit der Figur vollführte. „Er gefällt mir gut. Was hast du dir beim Nähen gedacht?", ermunterte er sie.

„Ich habe mir vorgestellt, dass er kein Osterhase sein will, sondern ein vornehmer Herr. - Ein kleines Kind wird ihn gernhaben, weil er so beweglich ist, - vielleicht auch, weil seine Ohren nicht steif vom Kopf abstehen und er dadurch leichter mit ins Bett genommen werden kann. Ein etwas älteres Mädchen könnte auf die Idee kommen, ihm andere Kleider zu schneidern."

„Das sehe ich alles", sagte Hans, „trotzdem bin ich mit deiner Antwort nicht ganz zufrieden. Du hast keinen zweiten Hasen wie ihn gemacht, die anderen Hasen haben ein schlichteres Aussehen." „Da hast du recht. Als ich diesen Hasen vorbereitete, habe ich an meine Eltern gedacht. Etwas von meiner Sehnsucht nach dieser Zeit habe ich vielleicht in ihn hineingelegt." Sie seufzte und sah Hans an.

„Dann nehme ich ihn. Er soll meiner kleinen Patentochter Glück bringen, sie wird in wenigen Tagen fünf Jahre alt. Ein Hase mit solchen Erinnerungen kann nur gut für ein Kind sein." Hans holte seinen Geldbeutel unter der Bank hervor und bezahlte.

„Was bringt dich hierher?", wollte er zum Schluss wissen, „du gehörst nicht zu den Gauklern. Du hast bestimmt bessere Tage gesehen." Erstaunt sah die junge Frau ihn an. „Das ist wahr. Nach dem Tod meines Vaters, der Tuchhändler in B*** war, hat meine Stiefmutter all seine Habe verkauft und hat einen neuen Mann genommen. Ich blieb mittellos zurück."

„Wie hast du dich durchschlagen können?", fragte Hans sanft.

„Von einer Partie mit Stoffen aus Frankreich, die noch unterwegs war, hatte sie nichts gewusst. Das war alles, was ich behielt. Eine Freundin riet mir, es mit Nähen zu versuchen. Kleider brauchen viel Stoff, da hätte der Vorrat nicht lange gereicht. So bin ich auf den Gedanken verfallen, Tiere zu erfinden. Kinder spielen gern damit. Die Tiere verkaufen sich mitunter gut, so dass ich ein bescheidenes und ehrliches Auskommen gefunden habe." „Gehst du immer mit den

Gauklern?" „Nein, mit ihnen habe ich nicht viel zu tun. Der Vater der Seiltänzerin kennt mich von früher. Er sagt mir Bescheid, wohin sie sich im Umkreis von B*** begeben, um ihre Gaukeleien zu veranstalten. Ich kann dann leicht mit der Postkutsche dorthin fahren und mein Glück unter ihrem Schutz versuchen."

Hans betrachtete den Hasen versonnen von allen Seiten.
Die Frau gefiel ihm mehr und mehr. Er lächelte sie an: „Wenn du einmal in unser nahe gelegenes Städtchen kommst, frage nach Hans, dem Kaufmann. Ich habe einen Handel mit Stoffen, edlem Geschirr, gelegentlich auch Silberzeug. Vielleicht kann ich einige deiner Tiere für dich verkaufen."
Die junge Frau bedankte sich herzlich, stieg vom Wagen und verschwand im Gewühl der Menschen.
Nachdenklich hielt Hans nach seinem Gehilfen Ausschau. Er fühlte plötzlich das Bedürfnis, nach Hause zu fahren.

II

An einem Nachmittag Ende Juli wurde unter dem großen Apfelbaum im Garten Meister Abrahams der Tisch zu Annabells Geburtstagsfeier gedeckt.
Annabell, ein Mädchen mit großen blauen Augen und braunen Locken, half, das Besteck neben die Teller zu legen. Auf einem der Stühle saß die neue Puppe, das Geschenk ihrer Eltern.
Isabella kam mit einem Tablett aus dem Haus. Sie stellte die Kuchenplatten auf den Tisch, dann ging sie, den Tee und die Milch zu holen. Der Tisch war gedeckt mit blaugemustertem Geschirr und Lavendelblüten aus ihrem Kräutergarten am anderen Ende der Stadt.

Es läutete an der Gartenpforte. Annabell rannte um zu öffnen, ehe Thomas, der Diener, aus dem Haus kommen konnte. Sie fiel voller Freude ihrem Patenonkel Hans um den Hals und lugte hinter seinen Rücken. Hans hielt ein Päckchen versteckt, es war in zartes Papier gewickelt und mit einer Schleife verschlossen. „Komm schnell, ich habe eine neue Puppe! Wir haben Kuchen im Garten!", rief Annabell und zerrte ihn hinter sich her zum Apfelbaum. Hans begrüßte Isabella und ihren Mann, und alle drei sahen zu, wie Annabell die Schleife vom Päckchen löste und das Papier zerriss. „Ein Hase zum Kuscheln!", jubelte sie, „o, wie schön!" Annabell drückte den Hasen an sich und rief. „Onkel Hans, den nehme ich jeden Abend mit ins Bett."
Glücklich tanzte sie mit dem Hasen um den Tisch, während sich Hans mit Isabella unterhielt.

Die Erwachsenen merkten nicht, wie es erneut an der Gartenpforte läutete. Annabell war auch diesmal schneller als der Diener und öffnete. Ein junger Mann stand vor der Tür, machte eine galante Verbeugung und übergab ihr eine kleine runde Schachtel. Er verbeugte sich erneut, murmelte: „Herzlichen Glückwunsch" und ging schnell fort. Annabell sah ihm verdutzt nach. Sie hüpfte zum Apfelbaum zurück und stellte das Geschenk auf den Tisch. Sie öffnete die bemalte Spanschachtel und hob eine kleine, mit Mandeln und Nüssen verzierte Torte heraus. Enttäuscht stellte sie das Törtchen zu den anderen Kuchen auf die Platte, denn Mandeln und Nüsse mochte sie nicht. Mit ihrem Hasen tanzte sie ins Haus und zurück in den Garten.
Die nächsten Gäste kamen! Die kleine Gestalt Gismuts war als erste an der Gartenpforte zu sehen, gefolgt von dem hochgewachsenen „Onkel Melli", wie sie den Zauberer nannte. Ihnen flog Annabell entgegen, zeigte stolz ihren Hasen und nahm die Geschenke der beiden Männer

entgegen. Sie bestand darauf, die neue Schürze sofort umzu-
binden, und nahm von dem Puppengeschirr Tellerchen und
Tassen und deckte den Platz, vor dem die neue Puppe saß.
Neben sie setzte sie den Hasen. Die Erwachsenen scherzten
mit Annabell und sahen lächelnd zu, wie sie der Puppe und
dem Hasen Kuchen auf die kleinen Teller legte. Isabella
schenkte Tee in die Tässchen, dann fingen alle an zu essen.

Isabella entdeckte das Mandeltörtchen. Sie wusste, dass
Annabell es nicht mochte. Sie selbst aß solches Gebäck für ihr
Leben gern. Sie nahm es von der Kuchenplatte und biss ein
Stück ab. Kaum hatte sie den Bissen hinuntergeschluckt, glitt
sie vom Stuhl ins Gras. Erschrocken beugte sich Meister
Abraham über seine Frau. Sie bewegte sich nicht, atmete nur
schwach und sah bleich aus. „Was ist passiert?", rief er
entsetzt, „sie war doch eben noch munter und guter Dinge!"
Gismut deutete auf den Rest des Küchleins in ihrer Hand.
„Kann es etwas mit dem Mandeltörtchen zu tun haben?",
überlegte er laut. Er nahm den Rest des Küchleins an sich.
„Was für ein Mandeltörtchen?", fragte Meister Abraham,
„Isabella hat keines gebacken, Annabell mag es nicht."
Er hob seine Frau auf und trug sie ins Haus. Er legte sie auf
das Sofa in der Stube und rief nach dem Diener. „Hast du ein
Mandeltstück bestellt, Thomas, oder eins als Geschenk entge-
gengenommen,?" „Nein, Herr, es hat niemand ein Geschenk
abgegeben."
Der Zauberer, der Zwerg und Hans waren Meister Abraham
ins Haus gefolgt. Sie waren beunruhigt. Hans erinnerte daran,
wie vor etwa sechs Jahren die giftige Schlange das Leben des
Ehepaares bedroht hatte. Magister Mellikor hatte damals die
Haustüren mit einem Bann belegt, der alle in böser Absicht
abgegebenen Geschenke in Naschwerk verwandelte. „Hat der
Zauber versagt?", fragte er, „wie ist das Törtchen auf den
Tisch gekommen?"

Meister Abraham nahm das Handgelenk seiner Frau und fühlte den Puls. Der war kaum auszumachen, Isabellas Herz schlug nur ganz langsam. „Hole den Arzt", bat er Thomas, „und bitte ihn, ganz schnell zu kommen. Es besteht Lebensgefahr!"

Der Diener kam zurück und berichtete, dass er den Arzt nicht angetroffen, ihm aber eine Nachricht hinterlassen habe. Das bange Warten dauerte fort. Vergeblich versuchte Magister Mellikor, mit Zaubersprüchen die Schlafende zu wecken. Isabellas Zustand änderte sich nicht.

Endlich kam der Arzt. Er verlangte, Isabella in ihr Schlafgemach zu bringen. Meister Abraham trug sie nach oben in ihr Zimmer. Die Küchenhilfe half ihm, sie mit einem Nachthemd zu bekleiden. Als sie im Bett lag, untersuchte der Arzt sie lange. „Ich kann nichts finden, was ihren Zustand hervorgerufen haben könnte", erklärte er. „Ich werde sie zur Ader lassen." Er nahm ein spitzes Instrument aus seiner Tasche und ritzte ihr damit die Ader in der Armbeuge. Blut floss langsam in eine Schale, die er unter ihren Arm hielt. Dann verband er den Schnitt. „In einer Stunde komme ich zurück, bis dahin sollte deine Frau zu sich gekommen sein", wandte er sich an Meister Abraham, „im Augenblick lass sie weiterschlafen."

Auf Zehenspitzen verließen die beiden Männer das Schlafgemach. Der Arzt eilte zu seinem nächsten Patienten, Meister Abraham erzählte den anderen, was der Arzt unternommen und gesagt hatte. Die vier Freunde fühlten sich beklommen.

Der Arzt kam, wie er es versprochen hatte. Er fand Isabella in demselben tiefen Schlaf, in dem sie seither gelegen hatte. Sie reagierte auf keine Worte, auf keinen feinen Nadelstich, mit dem der Arzt prüfte, ob sie sich bewegen konnte. Ihr Atem war nur zu spüren, wenn ihr eine Flaumfeder vor die Nase gehalten wurde.

„Kann sie vergiftet worden sein?", fragte Meister Abraham, „ich habe vorhin vergessen zu erwähnen, dass sie von einem Törtchen gegessen hat, als sie plötzlich vom Stuhl sank." „Ich bin völlig ratlos, eine solche Art Vergiftung oder Krankheit habe ich noch nicht erlebt, auch von ihr nie gehört", gab der Arzt zu. „Ich will in meinen Büchern nachschauen, ob es diesen schlafähnlichen Zustand schon irgendwo einmal gegeben hat und was dagegen unternommen wurde. Im Moment kann ich nichts tun. Du musst abwarten, Meister Abraham, und sie gut beobachten. Wir wollen hoffen, dass sie bald aufwacht."

III

In der Aufregung hatten die Männer Annabell völlig vergessen. Das Kind hatte mit angesehen, wie seine Mutter zu Boden glitt. Als es allein im Garten blieb, hockte es sich unter den gedeckten Tisch. Hier saß es wie in einem Zelt und weinte. Den Hasen hielt Annabell fest an sich gedrückt. Sie streichelte ihn und flüsterte ihm immer wieder in die Ohren: „Mach, dass Mama gesund wird! Mach, dass Mama bald aufwacht!"
Thomas kam erst später in den Garten, den Tisch abzuräumen. Er machte mehrmals den Weg in die Küche, das Geschirr, die Kuchen und Getränke passten nicht alle auf ein Tablett. Es war ja fast alles unberührt geblieben. Als er die Tischdecke vom Tisch zog, fand er Annabell. Sie lag zusammengerollt auf dem Gras und schlief, den Hasen im Arm. Der Diener trug sie vorsichtig ins Haus und übergab sie ihrem Vater.
Meister Abraham brachte seine Tochter, ohne sie aufzuwecken, ins Bett. Es schien ihm besser, sie nicht an das

Unglück vom frühen Nachmittag zu erinnern. Dann sah er nach seiner Frau.

In der Stube rätselten die Männer, wodurch Isabella so plötzlich in Schlaf gefallen war. Voller Argwohn betrachteten sie den Rest des Mandeltörtchens, das Gismut aufgehoben hatte. „Wie konnte es zu den anderen Kuchen gekommen sein?", fragte Meister Abraham zum wiederholten Male. „Niemand hat an der Haustür geläutet", versicherte Thomas, „ich habe kein Geschenk entgegengenommen."
Als er die drei Gäste einen nach dem anderen ansah, fiel es Thomas wie Schuppen von den Augen. Aufgeregt stieß er hervor: „Ich habe auch den Geburtstagsgästen nicht die Tür geöffnet!" Verdutzt blickte Meister Abraham ihn an.
„Richtig", sagte Hans, „mir hat Annabell die Gartenpforte aufgemacht. Sie konnte unseren Besuch sicherlich kaum erwarten." „Auch uns ist sie entgegengekommen", bestätigte Gismut. „Sie war so neugierig auf unsere Geschenke."
„Dann hat sie vielleicht einem anderen genauso geöffnet und das Geschenk entgegengenommen", mutmaßte Thomas. „Ich habe zwar kein Klingeln gehört, weil ich in dem Moment vielleicht auf meinem Weg in den Garten hinter dem Haus war, aber Annabell konnte es unter dem Apfelbaum hören."
„Wir müssen das Kind holen!", rief Meister Abraham. „warum haben wir nicht daran gedacht, Annabell zu fragen!"

Er ging, weckte seine Tochter sacht auf und trug sie in die Stube zu den anderen. Sie schmiegte sich an Hans. „Es ist ja noch hell", gähnte sie erstaunt.
Ihr Vater fragte sie: „Kannst du dich genau an deinen Geburtstag heute erinnern?" „O ja", strahlte Annabell, „morgens haben du und Mama mir gratuliert und mich in den Arm genommen. Ich habe die Geschenke ausgewickelt und mit der neuen Puppe gespielt. Dann haben Thomas und Mama den

Tisch unter dem Apfelbaum gedeckt. Dann hat Onkel Hans mir doch den Hasen geschenkt! Onkel Melli hat mir das Puppengeschirr gebracht und Onkel Gismut gab mir die neue Schürze. Die ist viel schöner als die alte. Und Mama ist plötzlich eingeschlafen."

„Erinnerst du dich, wem du die Gartentür aufgemacht hast?"

„Klar! Onkel Hans kam als erster. Ich bin ihm entgegen gerannt, als er geklingelt hat. Er hat mich hochgehoben. Danach sah ich Onkel Gismut und Onkel Melli. Denen habe ich auch gleich aufgemacht."

„Hast du sonst jemandem die Tür geöffnet?"

Annabell zögerte. Sie wusste nicht, ob sie etwas falsch gemacht hatte. „Du brauchst keine Angst zu haben, dass wir schimpfen", beruhigte sie ihr Vater. „Wir müssen es wissen, damit wir Mama helfen können, aufzuwachen. Wer war denn an der Gartenpforte?" „Es hatte geklingelt. Das hat aber niemand gehört. Mama hat sich mit Onkel Hans unterhalten und du warst in Gedanken, Papa. Die anderen waren noch nicht da. Und Thomas ging nicht öffnen, und ich war neugierig auf ein Geschenk. Da bin ich hingegangen", sprudelte sie hervor.

„Und wer stand vor der Tür?"

„Ein netter Mann. Der machte eine Verbeugung wie vor einer Prinzessin. So stelle ich mir jedenfalls eine Verbeugung vor einer Prinzessin vor. Er hat mir gratuliert und ein Päckchen in die Hand gelegt. Ich konnte mich gar nicht bedanken, weil er ganz, ganz schnell weglief." „Wie sah er aus?", fragte der Zauberer. „Er war groß", überlegte das Kind und sah die Männer einen nach dem anderen an, „größer als du, Papa, aber nicht so groß wie Onkel Melli, glaube ich." „Erinnerst du dich an mehr, Annabell?" Sie steckte überlegend den Zeigefinger in den Mund. „Er war jung und hatte einen braunen Anzug an und helle Strümpfe, glaube ich." „War er dick oder schlank? Hatte er einen Bart? Wie war sein Haar?" wollten alle wissen.

„Er hatte keinen Bart, das weiß ich genau. Sein Haar konnte ich nicht gut sehen, er hatte einen großen schwarzen Hut auf. - Und dick war er nicht", fügte sie hinzu.

„Kennt jemand von uns diesen Mann?", fragte Meister Abraham ratlos. Die drei anderen schwiegen.

IV

Während Annabell in der Küche von Thomas ihr Abendbrot bekam, rätselten die Männer: Ein junger Mann, gut gekleidet mit einem großen Hut auf dem Kopf, kein Bart. Mit diesen Angaben war nicht viel anzufangen. Junge Männer, die dieser Beschreibung entsprachen, gab es sicherlich einige.

„Wir sollten, bevor wir etwas anderes unternehmen, Nachbarn befragen, ob ihnen ein solcher Bursche in den letzten Tagen aufgefallen ist", schlug Hans vor. Er und Meister Abraham übernahmen diese Aufgabe, kannten sie doch die Bewohner des Städtchens am besten. Sie teilten sich die Straßen auf, in denen sie hier und da nachfragen wollten. Da abends die meisten Leute zu Hause waren, gingen sie gleich los. Magister Mellikor und Gismut blieben zurück, um Isabella beizustehen, falls sie aufwachte.

Meister Abraham erfuhr vom Schuster, der neben der Apotheke seine Werkstatt hatte, dass ihm ein junger Mann aufgefallen war, der an der Apothekentür abwartend gestanden, es sich jedoch anders überlegt hatte und umgekehrt war.

Hans erfuhr von einer Frau, die auf dem Marktplatz einen Stand besaß, dass ein junger Mann, der der Beschreibung vielleicht entsprach, sich nach dem Dorf am Ende des Waldes erkundigt hatte. Er hätte einen seltsamen Spazierstock in der

Hand gehabt. Eine andere Marktfrau berichtete, ein unbekannter Bursche habe drei Eier und zwei rote Äpfel gekauft und mit einem Goldstück bezahlt, auf das sie kaum das Wechselgeld hätte herausgeben können.

Das war alles, was die beiden erfuhren. Es machte den Unbekannten mit dem schwarzen Hut in den Augen der vier Freunde zwar verdächtig, aber schließlich war es nicht allzu ungewöhnlich, dass ein junger Bursche Eier und Äpfel kaufte. Warum er nach dem Dorf gefragt hatte, konnten sie sich nicht erklären.

„Im Dorf hinter meinem Wald", sagte Magister Mellikor nach einer Weile „lebt eine Hexe, die Hans und ich kennen. Vielleicht hat der Bursche das Törtchen verhexen lassen." „Sie kann sicherlich recht boshaft werden, wenn sie Leute ärgern will, eine solch grausame Tat traue ich ihr allerdings nicht zu", widersprach Hans lebhaft. „Vielleicht kann sie uns aber weiterhelfen. Wir müssen morgen zu ihr."
„Es ist schon spät", bemerkte Gismut, „lasst uns nach Hause gehen." „Ihr könnt bei mir bleiben", sagte Meister Abraham, rief nach Thomas und bat ihn, den Freunden Zimmer im Haus herzurichten und ihnen Lichter bereitzustellen.

Hans war der erste, der sich zu Meister Abraham an den Frühstückstisch setzte. Meister Abraham sah bleich und übernächtigt aus. Er hatte Wache am Bett seiner Frau gehalten und wenig Schlaf bekommen. Mutlos rührte er mit seinem Löffel in der Tasse.
Hans nahm eine Tasse und schenkte sich heiße Schokolade ein. Er hatte ebenfalls wenig geschlafen und über die Ereignisse des letzten Tages nachgedacht. Besorgt fragte er nach dem Befinden Isabellas. „Ihr Zustand ist unverändert. Sie hat sich die ganze Nacht nicht gerührt – nicht einmal einen Finger hat sie auf der Bettdecke verschoben. Was soll ich nur tun?",

rief der Apotheker verzweifelt. „Solange sie schläft und ihr Herz schlägt, dürfen wir die Hoffnung nicht aufgeben", versuchte Hans ihn zu beruhigen. „Einer von uns sollte ständig in ihrer Nähe sein. Vielleicht spürt sie, dass wir uns um sie kümmern." „Wie sollen wir sie das spüren lassen?" „Wir können ihre Lieblingsblumen, die Lavendelblüten, neben ihr Bett stellen", schlug Hans vor. „Ihr Duft, wenn sie ihn wahrnehmen kann, zeigt ihr, dass sie nicht allein ist. Du könntest ab und zu Annabell mit an ihr Lager lassen, ihr Kind wird sie ebenfalls spüren." „Meinst du, Annabell wird den Anblick ihrer Mutter ertragen? Ich will mein Kind nicht in zu große Sorge stürzen."

Hans sah in seine Tasse und überlegte. „Annabell wird eher große Angst verspüren, wenn sie nicht zu ihr darf", meinte er schließlich, „es ist besser, sie sieht ihre Mutter schlafen, als dass sie sich etwas Schlimmeres ausmalt. Isabella sieht so friedlich aus, dass das Kind keine Angst bekommen wird."

Nach dem Frühstück brachen Hans und Magister Mellikor zum Dorf unweit des Waldes auf. Sie mussten nicht lange nach der Kate Ausschau halten, sie erkannten sie an dem recht neuen Strohdach. Aber wie hatte sie sich verändert! Ein Raum war angebaut, die Fensterläden waren gerichtet und gestrichen, der Weg zum Häuschen mit Kies bestreut.

Die Hexe hatte sie schon entdeckt und kam ihnen entgegen. „Willkommen, willkommen!", rief sie ihnen zu. „Kommt und seid meine Gäste!" „Nur zu gern", erwiderte Hans, „wenn du uns wieder so gut bewirtest."

Sie setzten sich um den Tisch und sahen sich genauer um. Im Haus sah es gepflegt aus. Ein neuer Herd zierte mit blitzenden Platten die Küche. Die Bank und die Stühle waren gestrichen und mit bunten Kissen belegt. „Woher kommt dein Wohlstand? Kannst du inzwischen besser hexen?", wunderte sich Hans.

„Leider nicht, meine Künste sind noch die alten. Du bist die Ursache des neuen Wohlstands", wandte sie sich an den Zauberer. „Du bist sicherlich vor sechs Jahren dem Grafen begegnet und hast an ihm getan, was ich nicht konnte."
Magister Mellikor lächelte ihr verständnisinnig zu. „Wie auch immer", fuhr die Frau fort, „seitdem die Abgaben an den Grafen halbiert wurden, geht es uns allen besser – hier im Dorf und in der ganzen Gegend. Da kann man sich etwas mehr leisten und hoffnungsvoller in die Zukunft blicken. Die Leute bezahlen regelmäßig für meine Dienste."
„Wir möchten ebenfalls deinen Dienst in Anspruch nehmen", kam Magister Mellikor zur Sache, „wir brauchen deinen Rat oder deine Hilfe." Die Hexe machte ein so erstauntes Gesicht, dass Hans loslachen musste. „Du brauchst meinen Rat oder meine Hilfe?", rief sie amüsiert, „da fühle ich mich sehr geschmeichelt." Sie machte einen koketten Knicks, dann deckte sie schnell den Tisch und holte Kuchen und Wein. Als sie sich setzte, sagte sie: „Nun aber im Ernst, worum geht es, wenn ein Zauberkundiger nicht weiter weiß?"
„Vielleicht geht es um Hexenkunst, von der verstehe ich nicht allzu viel." „Erzähle. Ich will gern etwas für dich tun, denn du hast uns allen hier im Dorf geholfen."
Magister Mellikor erzählte ausführlich, was am Vortag im Garten Meister Abrahams geschehen war. Er erwähnte allerdings nichts von dem Bann an den Haustüren. „Wir vermuten, dass das Mandeltörtchen verhext ist", fügte Hans hinzu. „Wir haben ein Stück davon mitgebracht, damit du es untersuchst."
„Lasst ihr mich einen Augenblick allein?", bat die Hexe, „ich möchte ungestört sein." „Ich verstehe gut, dass du dir nichts abschauen lassen willst", meinte Magister Mellikor und lächelte, „ich zaubere auch lieber, wenn niemand zusieht. Wir gehen so lange nach draußen und setzten uns auf die Bank - wie damals."

Die Hexe nahm, als sie allein in ihrer Küche war, einen Spiegel in die Hand und spiegelte darin das Stückchen Kuchen, das Hans ihr gegeben hatte.

Der Spiegel färbte sich gelb und warf es als grünes Bild zurück. Sie murmelte vor sich hin:

„Spiegel, Spiegel sage mir,
um welche Künste geht es hier?"

Das Spiegelbild veränderte sich nicht. Das Stück vom Törtchen schimmerte grün im gelben Spiegelfeld.

Danach stellte sie einen kupfernen Kessel auf den Herd. Sie füllte eine Flüssigkeit hinein, warf einige Kräuter dazu und zerbröselte das Tortenstückchen in den Sud zu den anderen Zutaten und sprach dazu:

„Walle Kessel, Kessel walle,
zeige die Verwünschungen alle!"

Als die Flüssigkeit brodelte und dampfte, zeigte sich keine verräterische Farbe in dem Dampf, er stieg weiß und gerade auf und verzog sich, ohne eine Spur zu hinterlassen. Zufrieden nickte die Hexe. Sie rief die beiden Männer herein. „Ich kann nicht feststellen, was in dem Kuchen steckt", sprach sie, „mit Hexerei hat es nichts zu tun. Vielleicht ist es Gift?"

Hans und Magister Mellikor waren enttäuscht, noch nicht am Ziel zu sein. „Hast du in letzter Zeit von einem Zauberer gehört?", fragte Hans unvermittelt, „oder kennst du gar einen?" „Nein, außer dem hier, der bei mir sitzt, kenne ich keinen. Ich habe auch von keinem anderen gehört. Es scheint, dass Zauberkunst aus der Mode gekommen ist. Mit der Hexerei ist es ähnlich. Ich finde keine Nachfolgerin. Allen Frauen, die vielleicht das Talent hätten, ist es zu gefährlich. Sie wollen nicht angeklagt und verbrannt werden. Nicht einmal mein Sohn, das undankbare Luder, wollte diese Kunst erlernen", stieß sie empört hervor, „ich habe ihn deshalb vor Jahren davongejagt."Die Hexe ließ sie nicht ohne das versprochene üppige Mahl gehen.

V

Am Vormittag nahm Meister Abraham sein Töchterchen mit an das Bett Isabellas. Annabell legte den Hasen neben den Kopf ihrer Mutter auf das Kissen. Ohne Angst betrachtete sie das Gesicht der Schlafenden.

„Mama ist so schön, wenn sie schläft", stellte sie fest. „Komm, Hase, sieh dir Mama genau an." Sie hielt den Hasen hoch und richtete seine Knopfaugen auf die Liegende.

„Warum schläft sie noch?" Meister Abraham konnte kaum antworten und murmelte: „Sie wird hoffentlich bald aufwachen."

„Ist sie nicht wunderschön? Darf ich ihr die Haare bürsten?" „Wenn du es vorsichtig mit ihrer weichen Bürste tust, wird sie das freuen." Annabell legte den Hasen auf die Bettdecke und holte die silberverzierte Bürste vom Bord und bürstete vorsichtig die Locken auf dem Kopfkissen. „Sieh mal, Papa, ein Haar ist weiß!" Meister Abraham bekam einen Schreck. Hatte der Schlaf die Wirkung, alt zu machen? Annabell nahm das Haar und wickelte es um ihren Finger. „Mama hat mir schon einmal ein weißes Haar geschenkt. Sie sagte, jetzt würde sie eine weiße Frau." „Ach, Kind, sie meinte: eine weise Frau. Frauen mit weißen Haaren sagt man nach, dass sie viel wissen und verstehen. Das bedeutet das Wort: weise." „Mama ist schon weise, sie weiß auf alles eine Antwort, wenn ich sie etwas frage. Gestern hat sie mir erklärt, was ich tun soll, wenn ich einmal nicht weiter weiß und Angst bekomme."

„Und was ist das?" „Ich muss laut oder leise singen und mir meine Lieblingspuppe nehmen und ihr meine Sorge ins Ohr flüstern. - Ich habe dem Hasen erzählt, dass Mama unwohl ist. Er hat mir versprochen, dass sie erlöst wird."

Meister Abraham saß eine Weile stumm neben seiner Tochter. Er beneidete sie um ihren Glauben an ein solches Hilfsmittel. Er war zugleich betroffen von Annabells letzten

Worten. Ihm war es kaum möglich, die Hoffnung aufrecht zu erhalten, dass die Erlösung Isabellas sich auf gute Weise und nicht mit dem Tod erfüllte.

Annabell bürstete weiter das Haar ihrer Mutter und sang dabei leise ein kleines Lied. „Ist Onkel Hans da?", fragte sie endlich. „Nein, mein Kind, aber Onkel Gismut ist hier. Willst du ihn nicht begrüßen? Du hast jetzt die Hausfrau zu vertreten, solange sie im Bett liegt." Ernsthaft sah Annabell ihren Vater an. „Das ist wahr. Ich gehe sofort unseren Gast begrüßen. Hat er schon sein Frühstück bekommen?"

„Ja, wir haben doch unseren guten Thomas. Er hat für alles gesorgt."

Isabella fühlte sich leicht, sie hatte das Gefühl zu schweben. Sie erkannte ihr Zimmer und hörte ihren Mann und Annabell flüstern. Sie wollte sich ihnen zuwenden, konnte sich aber nicht bewegen. Sie versuchte zu sprechen, aber ihre Stimme gehorchte ihr nicht.

„Mama ist so schön, wenn sie schläft", hörte sie Annabells Worte. Schlief sie denn? Träumte sie? „Hoffentlich ist der Traum bald zu Ende", sagte es in ihrem Kopf.

Sie spürte, wie ihr Haar gebürstet wurde. Sie fühlte die Verzweiflung ihres Mannes und die Zuversicht ihrer Tochter. Was war geschehen?

„Ich habe dem Hasen erzählt, dass Mama unwohl ist. Er hat mir versprochen, dass sie erlöst wird." Erlöst? Isabella erschrak. Das Kind hatte den Schlüssel zu ihrem Zustand gefunden: sie war durch einen Zauber gebannt! Wie konnte sie das den anderen mitteilen?

Ganz fest konzentrierte sie sich auf Annabell. Die kleine Tochter würde sie vielleicht verstehen, wenn sie ununterbrochen dasselbe dachte und so eine Botschaft aus ihrem

Zauberschlaf zu Annabell drang. „Mein Kind, du musst mich hören! Du musst auf mich hören! Annabell, gib nicht auf!"

Isabella blickte auf eine Wand aus Wasser, aus Wasser, das aus großer Höhe herabstürzte! Sie vernahm das Tosen und Gurgeln. Das Wasser verwandelte sich in eine polternde Gerölllawine. Steine und Kiesel rollten unaufhaltsam in die Tiefe.
Unten sah sie eine kleine Gestalt: Magister Mellikor. Er hielt seinen Stab in der Hand und breitete die Arme aus. Das Geröll hielt in seinem Lauf inne, eine Wiese mit vielen Blumen breitete sich auf einem sanften Abhang aus. Der Zauberer schritt über die Wiese als suche er etwas. Er trug den lila Umhang und den spitzen Hut, den er nur in der Abgeschie-denheit seines Waldes und seiner Wiese zu tragen pflegte. Sein langes schwarzes Haar wehte im Wind. Er hatte es nicht eilig, sondern suchte etwas. Mehrmals bückte er sich, hob etwas hoch, schüttelte den Kopf und ließ es fallen.

Isabella wollte ihm zurufen, er solle die Suche einstellen und zum Tee zu ihnen kommen. Sie brachte keinen Ton heraus. Sie konnte auch nicht winken. Sie lag festgebannt.

Neben ihr saß ihr Mann und beobachtete ihr Gesicht. Ihm schien ein Schatten darüber zu ziehen, obwohl sie keinen Muskel bewegte.
Annabell trat mit einem Strauß Lavendelblüten ans Bett.
„Ach Kind", rief Isabella ihr stumm zu, „höre auf mich! Nicht Lavendelblüten, Arnika soll es sein!" Annabell hob den Kopf als lausche sie. „Mama spricht mit mir", flüsterte sie ihrem Vater zu, „ich verstehe nicht, was sie sagt. Was soll ich tun?"
„Sie träumt gewiss, mein Kind."

VI

Als Magister Mellikor und Hans von der Hexe zurückkehrten und erzählten, was sie bei ihr erfahren hatten, machte sich Gismut bereit, die Zwerge aufzusuchen. Sie konnten beurteilen, ob das Törtchen vergiftet war. Er fuhr noch am selben Tag mit der Postkutsche nach B***. Die Übernachtung unterwegs in einem ärmlichen Wirtshaus machte ihm nicht viel aus. An eine einfache Unterkunft war er aus den Tagen gewöhnt, als er als Diener beim Zauberer lebte und in der Dachkammer schlief.

In der Stadt kaufte er sich einen derben Wanderstock im Laden des Käsehändlers. Der Ladenbesitzer sägte ein gutes Stück ab, damit er für den Zwerg die passende Größe hatte.

Mit dem Stock, seinem wenigen Gepäck und einem Bündel mit Brot und Käse machte sich Gismut auf den Weg in die Berge. Ohne Mühe fand er die Abzweigung von der Landstraße und den weiteren Pfad zum Eingang der Höhle.

Zwergenkönig Gutmut hieß ihn herzlich willkommen.

„Was bringst du Neues aus der Welt der Menschen?", fragte er. „Keine gute Nachricht. Wie du weißt, bin ich Zuckerbäcker in einer kleinen Stadt." Er übergab dem König eine Schachtel mit seinen Schokoladenkugeln. „Dort bin ich mit dem Apotheker befreundet, der Euch einst die giftige Schlange gesandt hat. Die Frau des Apothekers ist nun in einen tiefen Schlaf gefallen, aus dem keiner sie aufwecken kann. Wir vermuten, sie wurde mit einem Stück Kuchen vergiftet. Gibt es ein Mittel gegen ein Gift, das den Schlaf herbeigeführt haben könnte?"

„Da müssen wir unseren Heiler zurate ziehen. Er weilt zurzeit in einem anderen Bergwerk und wird erst morgen zurückkommen."

Notgedrungen verbrachte Gismut die Nacht im Berg. Er unterhielt sich mit seinen Genossen über alte Zeiten. Obwohl seine Kameraden all die Streiche lebendig werden ließen, die sie zusammen ausgeheckt hatten, fühlte er, er gehörte nicht mehr zu ihnen, seitdem er in den Dienst der Menschen und Zauberkundigen getreten   war. Das stimmte ihn etwas traurig.

Am Morgen kehrte der Heiler zurück. Mit ernster Miene lauschte er dem Bericht des Zuckerbäckers. „Das klingt eher nach Zauberei", meinte er. „Ich will das Stück Kuchen trotzdem untersuchen, das du mitgebracht hast. Komm mit in mein Studiergewölbe."
Durch einen kurzen Gang kamen die beiden in eine geräumige Höhle, in der mehrere Käfige mit Schlangen, Schnecken und Igeln, andere mit Ratten und Mäusen von der Decke hingen. Tiegel in verschiedener Größe, gebogene Glasgefäße und Flaschen standen auf einem langen, schmalen Holztisch, Borde voller Pulver und Kräuter füllten die Wände. Eine Feuerstelle befand sich in einer hinteren Ecke. Vor ihr kauerte ein zahmer Fuchs und wärmte sein Fell.
„Dies ist mein Reich, hier studiere ich die Natur und ihre Kräfte zu heilen", sprach der Heiler und deutete mit der Hand auf die verschiedenen Dinge. „Im Berg geschehen mitunter Unfälle. Die Luft hier ist nicht immer zuträglich für die Gesundheit. Wir kommen zwar fast nie mit kranken Menschen in Berührung, von manchen Krankheiten, die die Menschen nicht kennen, werden aber auch wir nicht verschont", erklärte er. Gismut seufzte: „Das habe ich leidvoll erfahren, meine Eltern sind viel zu früh an einer Krankheit gestorben. Man sagte, das Leiden sei durch die Dunkelheit hier unten entstanden. Deshalb bin ich in die Welt gegangen und habe dort einen Dienst angenommen."
„Ja, Licht brauchen wir Zwerge", pflichtete ihm der Heiler bei. „Ich habe durchgesetzt, dass stets einige von uns wochenweise im Wald arbeiten, wenn es manchem auch nicht gefällt.

Es hat seitdem keine schwere Krankheit bei uns gegeben, die durch zu wenig Tageslicht begünstigt worden ist."

Der Heiler bat Gismut, sich auf einen Schemel zu setzen. Dann nahm er eine kleine weiße Schüssel und zerkrümelte das Stückchen Kuchen, das der Zuckerbäcker aus der Tasche zog. Er roch am Inhalt des Schüsselchens und besah unter einem Vergrößerungsglas im Schein einer besonders hellen Laterne die einzelnen Krümel genau. Schließlich fügte er eine durchsichtige Flüssigkeit hinzu. „Sie verfärbt die Krümel nicht. Das bedeutet, dass kein Gift in ihnen ist, das Schlaf hervorruft", murmelte er mehr zu sich selbst, „lass mich weitersuchen." Aus einer bauchigen Flasche träufelte er einige grüne Tropfen auf den Krümelbrei und erhitze alles über einer Flamme. „Wieder nichts. Keinerlei Gift ist nachzuweisen."

„Bedeutet das endgültig, dass Zauberei im Spiel ist?", fragte angstvoll der Zuckerbäcker. „Ja, das bedeutet, ein Zauber ist über die Frau deines Freundes gelegt worden. Dagegen kann ich nichts tun, so gern ich es möchte. Zaubersprüche sind manchmal mächtiger als die Heilkunst."

Der Heiler sah Gismut bekümmert an, als der fragte: „Weißt du gar nicht, was zu tun bleibt?" „Nein. Der Zauberer, der den Bann auf den Kuchen gelegt hat, muss gefunden werden", gab er zu verstehen. „Es sieht so aus, nur er vermag, den Fluch rückgängig zu machen." Als Gismut sich verzweifelt abwandte, hielt der Heilkundige ihn zurück mit den Worten: „Verzweifle nicht, Zaubermacht ist nicht am stärksten. Es gib **Die Unsichtbaren**, die in das Schicksal eingreifen, wenn es um Zauberei geht."

„Mit denen habe ich schon Erfahrung. Wie wendet man sich an sie?" „Das kann ich dir nicht sagen." Der Heiler hob bedauernd die Schultern. „Willentlich kann wohl keiner, weder Zwerg noch Zauberer mit ihnen in Verbindung treten. So viel ich gehört habe, greifen sie ein, wenn Verrat und Unrecht im Spiel sind."

VII

Während der Zwerg im Bergwerk weilte, klopfte im Dorf jemand an die Tür der Hexe. Als sie öffnete, traute sie ihren Augen nicht. Ihr Sohn stand, lässig an den Türrahmen gelehnt, da und grinste.

„Was, du wagst es, mir noch einmal unter die Augen zu kommen? Habe ich dich Faulpelz nicht für immer und ewig fortgejagt?" Sie stemmte resolut die Hände in die Hüften und versperrte den Eingang in ihre Küche.

„Ei freilich, Mutter – und das zu recht. Ich geb's zu, ich war faul und sicher unausstehlich. Ich wollte wirklich kein Hexer werden!" „Dann scher dich fort!"

Der Sohn machte keine Anstalten, sich vom Fleck zu rühren, sondern sah seiner Mutter fest in die Augen. „Friedlich, Mutter, friedlich", versuchte er sie zu beschwichtigen, „du hast ja recht getan. Ohne deinen Rauswurf wär ich wohl nie zur Besinnung gekommen." Er lächelte freundlich, was seine Mutter erneut in Rage brachte. „Was soll das heißen? Zur Besinnung gekommen – hast du nun endlich doch die Hexerei erlernt? Das glaube, wer will!", keifte sie. „Nein, Hexer war mir zu wenig. Wenn ich bedenke, wie beschränkt deine Künste sind…" „Werd nicht frech zu deiner Mutter! Schließlich lebe ich von ihnen ganz gut, wie du siehst." Sie nahm den Besen zur Hand, der an der Tür lehnte, und drohte ihm damit.

„Das mag ja sein, mir genügte das nicht. Mir schwebte etwas Besseres vor", rief der Sohn und griff zum Besenstiel in ihrer Hand. Er konnte den Hexenbesen aus ihrem Griff lösen und auf die Seite schleudern. „Ohne zur Schule gegangen zu sein? Tagträume haben dir schon früher besser gefallen als Arbeit. - Mach dass du wieder verschwindest!", schrie seine Mutter voller Wut. „Wie du siehst, geht es mir gut, Mutter. Ich habe mein Ziel erreicht, ich bin Zauberer geworden. Gerade habe ich mein Meisterstück vollbracht."

Nun schaute sich die Hexe ihren Sohn genauer an. Er trug ein blütenweißes Hemd, dessen Ärmel und Kragen mit Spitzen besetzt waren, eine dunkelblaue Jacke mit silbernen Knöpfen, braune Hosen mit hellen Strümpfen und elegante Schuhe. Seine Erscheinung war überwältigend, er musste wohlhabend sein – oder sich all die guten Kleider gezaubert haben.
Mit offenem Mund stand sie da und wusste auf einmal nicht, was sie sagen sollte. Der jahrelange Zorn auf ihren Jungen verflog. - Zauberer war er also.
„Wie das?" fragte sie nach einer Weile kleinlaut, „ich habe wohl bemerkt, dass du das Zeug zum Hexer hattest. Aber Zauberer? Nein, wie ist das möglich!" „Ich wusste nicht, wohin, als du mich vertrieben hattest", begann er seine Geschichte, „ich bin einfach nur gelaufen, um möglichst weit weg von dir zu kommen. Immer nach Süden führte mich mein Weg, ich wollte unbedingt nach Italien." „Wie kamst du auf Italien, was gibt's da so Besonderes?" „Ich dachte mir, dort leben mehr Zauberer als in unseren Landen." „Bist du nach Italien gekommen?" Jetzt wurde die Mutter neugierig. Sie winkte dem Sohn und ließ ihn an sich vorbei in die Küche. Sie selbst plumpste auf den nächsten Stuhl.
Ihr Sohn setzte sich ebenfalls, holte ein Tütchen voller Schokoladenkugeln aus der Tasche und begann: „Nicht gleich. Mein Brot habe ich bei Bauern mit Arbeit verdient. In den Städten habe ich mich aufs Betteln verlegt. So bin ich nach und nach weiter gekommen. Über die hohen Pässe des Gebirges habe ich mich im Sommer getraut. In Italien fand ich bei einem freundlichen alten Mann Unterkunft. Für ihn ver- richtete ich nur leichte Arbeiten, das kam mir komisch vor. Ich beobachtete ihn heimlich und fand heraus, dass er ein

Zauberer war." „Da warst du wohl am Ziel deiner Wünsche. Hat er dir das Zaubern beigebracht?", fragte die Hexe.

„Zuerst habe ich ihm allerhand abgeguckt. Er hat es gemerkt. Ich bat ihn dann, mich in die Lehre zu nehmen. Das hat er mir versprochen, zuerst aber musste ich Lesen und Schreiben, Rechnen und Latein lernen. Er sah das als Grundlage für das Zaubern an. Immerhin sollte ich später Zauberbücher lesen."

„Warst du lange bei ihm?"

Einige Jahre war er bei ihm geblieben und hatte fleißig gelernt. Als der Alte starb, bevor er ausgelernt hatte, ging er weiter nach Süditalien an eine Universität. Dort traf er andere Zauberer. Einer von ihnen unterrichtete ihn weiter. Der befahl ihm, sein Meisterstück in der Heimat zu vollbringen.

„So bin ich also hier", stellte er fröhlich fest.

„Hier darfst du nicht bleiben", beschwor ihn seine Mutter, „es besteht Gefahr für dich. Eine Frau ist in tiefen Schlaf versetzt, aus dem keiner sie erwecken kann. Ich fürchte, da ist Zauberei im Spiel. Hoffentlich bist du nicht darin verwickelt! Solch eine Schande könnte ich nicht überleben."

„Sei unbesorgt, Mutter. Mein Meisterstück galt einem Kind an seinem Geburtstag."

VIII

Zur selben Stunde betrat eine junge Frau das Geschäft, das Hans sich in seinem Haus eingerichtet hatte. Sie trug ein bauschiges Seidenkleid, wie die Adligen es zu einem Fest zu tragen pflegten. Um die nackten Schultern hatte sie ein weißes Wolltuch gelegt. Auf dem hochgesteckten Haar saß ein keckes Hütchen mit einer großen Straußenfeder. Karl, der Knecht, fragte nach ihrem Begehr.

„Ich möchte gern Hans, deinen Herrn, sprechen, wenn das möglich ist." „Wen darf ich ihm melden?", fragte Karl und machte eine tiefe Verbeugung. „Die Frau mit den Tieren. Er hat mir seine Hilfe angeboten, als ich ihn kennenlernte bei den Gauklern."

Karl guckte verwirrt, bot ihr einen Hocker an und ging seinen Herrn suchen. Er fand ihn im Lagerraum. „Eine vornehme Frau wünscht dich zu sprechen, Herr. Sie sagt du kennst sie von den Gauklern." Hans ließ alles stehen und liegen und eilte in den Geschäftsraum. Er erkannte die Frau kaum wieder in ihrer höfischen Kleidung. Sie hatte auch keinen Korb bei sich. Er schaute sie zweifelnd an.

„Ich bin's trotzdem", sagte sie lächelnd und sah in sein fragendes Gesicht. „Ich bin Susanna, die Frau mit den Stofftieren." „Susanna!", staunte Hans. „Welch eine Überraschung! Du siehst verwandelt aus, so unendlich vornehm!"

„Das ist nur vorübergehend. Diese Kleider werde ich nie mehr tragen. Sie sind mit schrecklichen Erinnerungen verbunden." Sie zog schaudernd die Schultern zusammen und hob die Hände vor ihr Gesicht. „Was ist geschehen? Wie kommst du zu solch kostbaren Dingen?"

Susanna holte tief Luft und erzählte.

Die Postkutsche, in der sie neulich nach B*** zurückfuhr, wurde überfallen. Zwei mitreisenden Männern nahmen die Räuber ihre Wertsachen ab. Bei ihr fanden die Banditen natürlich keine Reichtümer. Den Korb mit den Tieren warfen sie weg, fesselten sie und wollten sie als Räuberbraut mit in ihr Quartier nehmen. „Was das bedeutet, kannst du dir denken."

Hans bekam einen gewaltigen Schrecken. „Wie bist du ihnen entkommen?" „Soldaten kamen und feuerten auf die Räuber", fuhr sie fort. „Die Schurken flohen und ließen mich gefesselt zurück. Der Anführer der Soldaten war Junker

Tobias, der Sohn des Grafen. Er befreite mich und nahm mich mit auf das Schloss."

Er behandelte sie sehr höflich, sie ahnte aber nach wenigen Stunden, dass er keine anderen Absichten hatte als die Räuber zuvor. Sie konnte ihn einige Tage hinhalten, er war sich ihrer ja sicher. Heute stellte Junker Tobias sie seinem Vater vor. Der Graf schickte seinen Sohn aus dem Saal und tat ebenfalls schön mit ihr.

„Der Graf? Der ist bekannt als Schürzenjäger! Er hat schon viele Mädchen in Schande gestürzt. Bei dem warst du nicht sicherer!", rief Hans voller Empörung. „Ich machte mir auch keine Hoffnung, Vater und Sohn zu entkommen. - Der Graf ließ mir diese prächtigen Kleider bringen und befahl mir, sie anzuziehen. Er bereitete ein Fest für mich vor. Als ich abermals vor ihn trat, geschah etwas Seltsames: Er sah mich lange an. Plötzlich rief er nach seinem Stallknecht und befahl ihm, einen Wagen bereitzustellen und mich in diese Stadt zu bringen." „Durchlaucht hat seine Meinung geändert?", fragte Hans ungläubig, „das ist unmöglich!" Dann ging ein Grinsen über sein Gesicht, als er sich an den Bann erinnerte, den der Zauberer über ihn gelegt hatte. Der Graf hatte noch nicht gemerkt, dass er stets das Gegenteil seiner bösen Absichten tun musste. „Warum lachst du", fragte Susanna verwirrt. „Das erzähle ich dir später einmal. Jetzt lass uns überlegen, wie du sicher nach B*** kommst."

„Dahin möchte ich im Moment auf keinen Fall", bat Susanna, „Junker Tobias weiß, dass ich dort lebe. Ich habe es ihm in der ersten Verwirrung nach dem Überfall erzählt. Sicher wird er mich dort suchen." „Dann solltest du hier in unserer Stadt bleiben", schlug ihr Hans voller Hoffnung vor. „Hier bist du sicher, ich kann dich beschützen. Hier herrscht der Graf nicht, wir haben einen milderen Fürsten."

Susanna stimmte zögernd zu: „Das will ich gern, doch nur unter einer Bedingung: Ich brauche eine Anstellung, mit der ich vorübergehend meinen Lebensunterhalt verdiene. Weißt du jemanden, der eine Frau wie mich in Dienst nehmen kann?" Hans kam eine Idee. „Ich gehe einen Freund fragen", sagte er nur. „Du ruhst dich derweil in diesem Haus aus. Meine Köchin soll dir ein Zimmer zeigen und dir behilflich sein, wenn du etwas nötig hast."

Hans eilte zu Meister Abraham in die Apotheke. Der Apotheker war damit beschäftigt, vorsichtig eine Tinktur aus einer Flasche in kleinere Fläschchen umzufüllen. Es war kein Kunde zugegen, so konnte Hans gleich mit ihm zu sprechen.
„Höre", kam er direkt zur Sache, „ich mache mir schon länger Gedanken um Isabellas Pflege. Es geht eigentlich nicht, dass nur wir Männer ihren Schlaf bewachen. Es wäre besser, eine Frau ist bei ihr, Tag und Nacht." „Wie recht du hast", stimmte Meister Abraham zu, „auch Annabell braucht eine Frau um sich. Ich fürchte sie kann nicht genug Kind sein, wenn sie sich an der Pflege ihrer Mutter so sehr beteiligt. Immer häufiger finde ich das Kind am Bett in Selbstgespräche vertieft. Das ist nicht gut."
Er erzählte, dass sich gelegentlich Nachbarinnen bereit erklärt hatten, ihm stundenweise beizustehen, aber sie hatten es nicht lange bei einer so reglosen, stummen Person ausgehalten. Sie wollten ein wenig Klatsch verbreiten oder hören. Sie hatten am Bett zudem nichts zu tun. Das langweilte und verstörte sie. Keine hatte ihr Angebot wiederholt.
„Bei mir ist die Frau heute aufgetaucht, die Annabells Hasen genäht hat", sagte Hans. „Ich habe dir von meiner Begegnung mit ihr in dem Dorf erzählt. Sie ist in Schwierigkeiten wegen Junker Tobias und dessen Vater, dem Grafen, geraten und mag für eine Weile nicht nach Hause. Deren Nachstellungen ist sie auf wunderbare Weise entkommen und sucht eine Anstellung. Ich dachte mir, du könntest es mit ihr probieren."
Meister Abraham machte ein hoffnungsvolles Gesicht.

Dennoch kamen ihm Zweifel. „Wird sie nicht genauso reagieren wie die Nachbarinnen? Wird es ihr nicht zu bedrückend werden?" Hans beruhigte ihn: „Das glaube ich nicht. Sie hat eine Beschäftigung am Krankenbett, sie kann ihre Tiere nähen. Sie ist gebildet, als Tochter eines Tuchhändlers hat sie gewiss guten Unterricht erhalten. Zuletzt meine ich, dass sie gut mit Kindern umgeht. Schließlich näht sie für sie ihre Stofftiere."

Meister Abraham war unschlüssig. Die Erfahrung mit den Nachbarinnen hatte ihn sehr enttäuscht. „Ich weiß nicht recht", sagte er. „Ist sie wirklich geeignet?" „Ich glaube ja, obwohl ich sie nicht lange kenne."

Der Apotheker stimmte nach einigem Zögern zu: „Ich will es mit ihr versuchen. Wie es im Moment bei uns zu Hause zugeht, kann es jedenfalls nicht bleiben."

IX

So kam Susanna noch am selben Tag in Meister Abrahams Haus. Thomas wies ihr auf Geheiß seines Herrn ein Zimmer zu und zeigte ihr das Haus. Zuletzt geleitete er sie in das Schlafgemach Isabellas.

Da lag die Schlafende unverändert. Annabell saß auf einer Fußbank neben dem Bett und summte ein Schlaflied. Sie sah die fremde Frau erstaunt an. Susanna lächelte ihr zu. „Da ist ja der Hase, den ich Hans verkauft habe. Wie gut, dass er in deine Hände gelangt ist. Du hast ihn lieb, wie ich sehe. Das freut ihn bestimmt", begann sie die Bekanntschaft mit dem Mädchen. Dabei schaute sie abwechselnd auf Annabell und den Hasen, den das Kind auf dem Schoß hielt.

„Er hilft mir hoffentlich, Mama endlich zu verstehen", flüsterte Annabell. „Wie meinst du das?", fragte Susanna und strich dem Mädchen über die Haare. „Mama redet zu mir in ihrem Schlaf. Es ist etwas sehr Wichtiges. Aber ich verstehe sie nicht. Sie redet stumm mit mir", erklärte Annabell. Dann fragte sie. „Wer bist du?"

„Ich bin Susanna. Ich bleibe bei euch, bis deine Mutter aufgewacht ist. Ich will dir helfen, sie zu verstehen." Annabell sah sie lange an. „Wie kannst du das?", wollte sie wissen. „Das weiß ich nicht. Sicherlich ist viel Geduld verlangt." „Bist du geduldig? Unsere Nachbarinnen, die manchmal hier saßen, waren es nicht." Annabell musterte Susanna eingehend, die in einem schlichten Kleid der Köchin gekommen war. „Du bist ein geduldiges Mädchen, Annabell. Warum soll eine Frau nicht ebenfalls geduldig sein? Ich habe ja dich zur Unterhaltung und meine Tiere, die ich nähe."

„Kann ich das lernen, Susanna?", fragte das Kind erwartungsvoll. „Natürlich kannst du es lernen. Alle Mädchen lernen Nähen und Sticken. Deine Mutter würde es dir jetzt beibringen, wenn sie wach wäre." „Versprichst du mir, gleich morgen damit anzufangen?", bettelte Annabell. „Ich verspreche es dir" versicherte Susanna. Sie merkte, wie Annabell Zutrauen zu ihr fasste. „Außerdem kann ich dir das Lesen und Schreiben beibringen, wenn du willst", fügte sie hinzu.

„Papa sagt, ich bin zu jung für die Schule. Dabei möchte ich so gern hingehen." „Das ist wahr, für eine Schule bist du zu jung. Dort lebst du mit vielen Kindern zusammen weit weg von den Eltern. Das ist sehr hart für ein Mädchen in deinem Alter", erklärte ihr die fremde Frau. „Das heißt ja aber nicht, dass du zu jung für Unterricht bist. Mein Papa hat, als ich so alt war wie du, einen Mann für meinen Unterricht ausgesucht, der früher für ihn gearbeitet hat. Er hat mir alles beigebracht, was ich wissen sollte." „Auch Nähen?", staunte Annabell. „Nein, das tat meine Mutter, solange sie lebte. Meine Stiefmutter hat es dann nicht mehr getan. Was ich jetzt besser mache als damals, habe ich mir selbst beigebracht."

Annabell sah sie mit großen Augen an. „Kann man sich selbst etwas beibringen?" „Ja, wie hast du denn Laufen gelernt oder das Essen mit Messer und Gabel? Du hast es den Großen einfach nachgemacht, bis du es konntest. Jeder kann sich selbst etwas beibringen, wenn er nur will." „Gilt dein Versprechen?", fragte Annabell hoffnungsvoll. „Ja es gilt. Morgen fangen wir an."

X

Gismut kehrte in die Stadt zurück und ließ Meister Abraham wissen, dass ein Zauberer die grausame Tat begangen haben müsse. Meister Abraham bat Gismut, am folgenden Morgen zur gemeinsamen Beratung in sein Haus zu kommen, und benachrichtigte ebenfalls Magister Mellikor und Hans.

Zum Frühstück setzten sich die vier Freunde um den Tisch. Sie gingen all die Gespräche durch, die sie mit anderen geführt hatten, weil sie sicher sein wollten, nichts übersehen zu haben. Sie waren sich einig, Hexerei und Gift konnten nicht die Ursache des Schlafs sein. Nur Zauberei blieb übrig.

„Ich hegte diesen Verdacht schon einmal", sagte Magister Mellikor, „aber da weit und breit kein Zauberer bekannt ist, habe ich den Gedanken wieder verworfen." „Auch die Hexe hat ja von keinem gehört", bemerkte Hans. „Wenn Zauberei im Spiel ist, frage ich mich: kann nicht der junge Bursche mit dem schwarzen Hut der Zauberer sein? Hatte er nicht, wie eine der Marktfrauen sagte, einen auffälligen Spazierstock bei sich?", meinte Meister Abraham. „Wir müssen herausfinden, wo er steckt", rief Hans. „Er muss Talent und Ausdauer für eine solche Berufung haben. Das wäre doch ein guter Schüler für dich gewesen?" Gismut sah dabei den Zauberer an. „Ja, sicher. Er ist aber offenbar auf der Seite des Bösen. Mit solchen Mächten möchte ich nichts zu schaffen haben." „Es wäre gut zu wissen, wie einer auf die Seite des Bösen gerät. Vielleicht ergäbe sich daraus der Grund, mir oder Isabella Schaden zufügen zu wollen", warf Meister Abraham ein. Die anderen nickten.

„Wem sollte das Geburtstagstörtchen eigentlich schaden? War es vielleicht gar nicht für das Kind gedacht, sondern für Isabella oder dich?", wandte sich der Zwerg an Magister Abraham. Verwundert blickten die anderen ihn an. „Denke an das Geschenk, die giftige Schlange, da war Annabell gar nicht auf der Welt. - Überlege, wer hat einen so tiefen Groll gegen einen von euch beiden? Wen habt ihr wissentlich oder unwissentlich tief gekränkt, betrogen, verraten?"
„Das sind sehr harte Worte", stöhnte Meister Abraham, „aber ich weiß, wie du sie gemeint hast. Aus Erfahrung kannst du allein so kluge Überlegungen anstellen. Du kennst die Gefühle, die einen Menschen zu Rachegedanken anstacheln." Er versank eine Weile in Nachdenken und sagte leise: „Ich kann mir nicht vorstellen, dass meine Frau jemandem etwas angetan hat. Also bin ich, scheint es, derjenige, der vor langer Zeit einem anderen Zauberer in irgendeiner Weise geschadet hat. Ich muss mich erinnern! Wenn doch Isabella bloß wach wäre, sie könnte mir helfen!"
„Helfen wird uns vielleicht die Elfenkönigin ", ließ sich Magister Mellikor vernehmen. „Ich will sie heute um ihren Rat fragen. Möglicherweise finde ich auch einen Spruch, mit dem ich den Unbekannten herbeizwingen kann."

Isabella spürte, wie eine Fremde sich über sie neigte. Sie fühlte, wie die Frau sich um sie sorgte. Annabell stand neben der Frau. Sie hatte vertrauensvoll ihre kleine Hand in die der

Unbekannten geschoben. Auf der Bettdecke lag ein Stück beschriebenes Papier. „Kann Mama das lesen?", fragte Annabell. „Noch nicht, sie schläft. Du musst es ihr vorlesen, Annabell." „Mama, ich liebe dich." Sie hielt das Blatt vor Isabellas Gesicht. Ungelenke große Buchstaben tanzten darüber.

Isabella überfiel ein Glücksgefühl. Bald würde sie mit Annabell sprechen. Sie versuchte zu lächeln, aber kein Muskel regte sich in ihrem Gesicht. „Sieh, Susanna, Mama sieht ein bisschen glücklich aus!" „Ja, Annabell, dein Briefchen hat sie erfreut. Ganz gewiss hat sie gespürt, wie sehr du dir wünschst, dass sie bald aufwacht."

„Woher weiß die fremde Frau, was ich empfinde?", wunderte Isabella sich. „Ist es möglich, dass sie mir hilft?"

„Habe ich morgen wieder Unterricht?", fragte in diesem Moment Annabell. „Sicher. Du willst schon bald längere Briefe schreiben wollen", antwortete Susanna. „Und Nähen? Lerne ich das heute auch noch? Bitte, bitte!" „Zuerst lernt man das Einfädeln der Nadel. Damit wollen wir beginnen."

„So hätte ich es auch gemacht", dachte Isabella. „Susanna scheint eine gute Lehrerin zu sein. Ob sie eigene Kinder hat?"

„Du bist eine ganz, ganz liebe Freundin", hörte sie Annabell sagen. Im Innersten stimmte Isabella zu.

XI

Magister Mellikor beugte sich über seine Aufzeichnungen und das Buch des Großvaters. So sehr er sich mühte, er fand keinen einzigen Spruch, um einen unbekannten Zauberer herbeizuzwingen. Während er unentschlossen in der Halle stand und überlegte, ob er weitersuchen oder besser gleich zur Elfenkönigin gehen sollte, klopfte es ans Tor. Er ging öffnen.

Vor der Tür stand ein junger Mann. Er war gut gekleidet und machte eine höfliche Verbeugung. „Meine Mutter schickt mich. Ich konnte ihr nicht widersprechen. Ich fürchte, ich habe etwas ganz Dummes angerichtet."

„Nun mal der Reihe nach", sagte Magister Mellikor. „Wer ist deine Mutter, dass sie von mir weiß?" „Meine Mutter ist die Hexe aus dem Dorf. Sie behauptet, du wärst ein guter Bekannter von ihr und der einzige, der mir helfen kann." „Aha, die Hexe. In der Tat, wir sind einander begegnet und hatten unseren Spaß aneinander. Von einem Sohn hat sie nichts erzählt. Doch, - mein Diener und ich haben einst in seiner Kammer übernachtet. Aber der war seit langem verschwunden." „Das ist wahr. Sie hatte mich fortgejagt, weil ich ihre Künste nicht erlernen wollte. Seither sind viele Jahre vergangen. Ich bin in Italien Zauberer geworden."

Magister Mellikor fuhr zusammen. War es möglich, dass der junge Mann der Zauberer des Bösen war? Er sah sich den Burschen genauer an. Der sah unsicher, verlegen, eigentlich harmlos aus. „Du bist also Zauberer, mein Kollege sozusagen. Hast du dich den bösen Mächten zugewandt?" „Nein!", rief der junge Mann erschrocken aus. „Das heißt, vielleicht erscheint es so. Ich habe offenbar eine Riesendummheit begangen und weiß nicht, wie ich da herauskomme." Hoffnungsvoll sah er Magister Mellikor an.

„Ahne ich, dass du schuld an dem Schlaf bist, in den die Frau des Apothekers gefallen ist und aus dem sie nicht aufwacht?" Magister Mellikor sah seinen Besucher streng und durchdringend an. „Ja... Nein... Ich weiß nicht." „Was soll das heißen?" donnerte der Zauberer ihn an: „Bist du es nun gewesen oder nicht?" „Ich weiß es nicht", gab der Bursche kläglich von sich, „ich weiß es wirklich nicht. - Jedenfalls wollte ich es nicht."

Magister Mellikor fand es angebracht, den jungen Zauberer in die Halle zu führen und ihm einen Sessel anzubieten. Zwischen Tür und Angel lassen sich schließlich keine Probleme lösen. Er selbst setzte sich auf das Sofa. „Fang von vorne an zu erzählen", ermunterte er sein Gegenüber. Erleichtert erzählte der Sohn der Hexe von seiner Ausbildung in Italien. „Er legte mir ans Herz, mein Meisterstück in der Heimat zu vollbringen." Er schwieg und seufzte tief.

„Und was hast du dir als Meisterstück ausgedacht?", fragte Magister Mellikor. „Ich wollte einem kleinen Mädchen, das seinen Geburtstag feiert, eine große Freude machen. Ich brachte ihm ein kleines Törtchen. Wenn es davon gegessen hätte, wäre es für lange Zeit vor Krankheiten geschützt worden." „Aber das Kind ist fast krank vor Sorge, denn seine Mutter liegt in einem ungewöhnlichen Schlaf. Mit welchem Zauber hast du denn das Törtchen versehen?" „Das weiß ich eben nicht! Ich habe wissentlich keinen Fluch oder bösen Bann auf das Stück Kuchen gelegt. Ich habe nur an das Kind gedacht, glaube mir!", rief verzweifelt der junge Mann. „Was soll ich tun, um alles ungeschehen zu machen?"

„Du hast in Italien studiert und bist dort ausgebildet worden. Hast du keine Sprüche gelernt, die einen Zauber rückgängig machen?" „Doch. Ja. In diesem Fall wirken sie nicht, denn ich weiß ja nicht, welcher Zauber die Mutter in den Schlaf versetzt hat. Sicherlich habe ich einen großen Fehler gemacht. Ich weiß nicht welchen! Weißt du keinen Rat?" „Nein", sagte Magister Mellikor, „nicht im Augenblick. So einfach ist das nicht. Zusammen werden wir der Sache auf den Grund gehen."

Durch eine Lücke in den Tannen sah Isabella in ein weites grünes Tal. Die hohen Gipfel im Hintergrund leuchteten kalt in ihrer eisigen Pracht. Über dem höchsten Gipfel stand die Sonne. Ein junger Bursche schritt einen Weg entlang, der von einem Gletscher zu kommen schien. Er machte große Schritte und stützte sich dabei leicht auf einen Stock, der manchmal hell aufblitzte. Seine Schritte auf dem Weg waren auf die Entfernung nicht zu hören. Es war unheimlich still. Sie sah voll Entsetzen, wie dem Mann ein Schatten folgte, größer wurde und ihn fast einholte.

Sie schrie. Kein Laut drang aus ihrer Kehle. Sie musste mit ansehen, wie der Schatten sich näher und näher an den Mann heran schob und ihm schließlich das Sonnenlicht nahm. Jetzt erst merkte der Wanderer, dass er von etwas Dunklem eingeholt wurde. Er machte sich nichts daraus und schritt ruhig und unbekümmert weiter.

Isabella erstarrte vor Angst, sie konnte nicht warnen, den Schatten nicht aufhalten. Hilfesuchend wollte sie sich umblicken, konnte sich aber nicht rühren. Sie war gefangen in ihrem Körper. „Will mich denn keiner hören?", dachte sie verzweifelt.

Neben ihrem Bett redete Annabell leise mit Susanna. „Mache ich dem Frosch grüne oder rote Augen?", fragte das Kind und hob eine rundliche Gestalt aus blaugrünem Stoff hoch. „Wenn es ein Frosch ist, sollte er vielleicht goldene Augen bekommen. Ich habe hier ein paar kugelige goldene Knöpfe in meiner Schachtel." „Au ja, dann ist er der Froschkönig. Dann fehlt ihm nur eine goldene Krone. Woraus machen wir die?" „Da fragst du besser Onkel Hans. Er hat so gute Einfälle." „Kommt er heute?", wollte Annabell wissen. „Vielleicht heute Abend. Sieh, deine Mutter sieht unglücklich und ängstlich aus. Sie hat etwas Trauriges geträumt." „Wenn sie das doch erzählen könnte, dann könnte der Hase sie trösten."

Magister Mellikor bot dem jungen Zauberer an, im Schloss zu übernachten. Insgeheim dachte er, den Sohn der Hexe so besser unter Kontrolle zu haben.

„Ich bin dir sehr dankbar, Meister. Ich heiße Xavier." „Was für ein Name in unserer Gegend!", staunte der Zauberer. „Meine Mutter wollte unbedingt ein X in meinem Namen. Sie versprach sich wohl davon, dass ich eher Lust zur Hexenkunst hätte, wenn schon ein X vorhanden wäre." Magister Mellikor musste gegen seinen Willen schmunzeln: „Dann wäre Xerxes doch ein noch besserer Name gewesen, zwei X!", rief er belustigt. Er wurde wieder ernst und wandte sich seinem Gegenüber zu: „Nenne mich Magister Mellikor. - Bei wem hast du zuletzt gelernt in Italien?"

Xavier holte tief Luft: „Das ist ein seltsamer Mann. Er stammt nicht aus Italien. Er spricht die Sprache nur schlecht und redete mit mir lieber deutsch. Er muss aus dieser Gegend stammen, denn er kennt die Stadt B***. Er spricht mit leiser Stimme, so, als fürchte er, dass jemand ihn hört, dem seine Worte nicht gelten." „Was hat er dich gelehrt?" „Ich konnte schon eine Menge zaubern, als ich an die Universität kam, wo ich ihn traf. Er brachte meinen Unterricht zu Ende und überredete mich, mein Meisterstück in der Heimat zu vollbringen. Er würde wissen, ob es gelungen sei, und mir eine Urkunde mit dem Ergebnis senden."

Magister Mellikor sah ihn befremdet an. Von einer solchen Art der Prüfung hatte er niemals gehört. Meister wurde ein Zauberer in Gegenwart seines Lehrers und zweier Zeugen, die ebenfalls die Kunst ausübten. Lag hier etwas Verdächtiges vor? Er überlegte. Dann schlug er eine Probe vor, durch die Xavier zeigen konnte, was er gelernt hatte.

Zuerst ließ er den jungen Zauberer kleine und große Gegenstände herbei- und wegzaubern. Danach verlangte er von Xavier, sich zu verändern. Xavier zeigte sich in diesen Praktiken bewandert. Er zauberte sich nacheinander verschiedene

Kleider, einen blauen Bart und eine rote Knollennase. Er ließ die Veränderungen dann schnell verschwinden. Danach kamen Tiere an die Reihe. Nachdem er ein Pferd herbei gezaubert und es wieder entlassen hatte, stand als nächstes ein großer Hund mit schwarzem Fell und weißen Pfoten, einem buschigen Schwanz und Schlappohren vor den beiden Männern und knurrte sie an.

„Gut gemacht", sagte Magister „jetzt lass ihn freundlich werden und sich niederlegen." Xavier schwang seinen Stab und murmelte eine Beschwörung. Da ging der Hund auf ihn los, sprang ihn an und wollte ihn in den Hals beißen. Magister Mellikor entriss Xavier den Stab und wehrte das Tier damit ab. „Wie konnte das passieren?", fragte er. „Hast du den falschen Zauberspruch genommen?" „Nein. Höre, welchen Spruch ich gebraucht habe, und urteile selbst." Laut wiederholte Xavier die Beschwörungsformel und bewegte erneut seinen Stab. Diesmal gehorchte der Hund, legte sich nieder und schlief ein.

„Der Zwischenfall ist mir nicht geheuer", bemerkte Magister Mellikor. „Wie konnte der Spruch beim ersten Mal versagen? War es wirklich dieselbe Formel?" „Wie kannst du annehmen, dass ich mich selbst in Todesgefahr begebe", erwiderte Xavier empört. „Hier muss irgendwo ein Fehler liegen." „Am Spruch kann es nicht gelegen haben, wenn du dir sicher bist, beide Male denselben genommen zu haben. Lass mich einmal deinen Zauberstab sehen, vielleicht verrät er mir etwas."

Beide beugten sich am Fenster über den Stab. Die Abendsonne leuchtete hell, sie gab gutes Licht. Der Zauberstab aus Eschenholz, glatt und schlank, war in ganzer Länge mit feinen Zeichen bedeckt, die aus Golddraht in ihn eingelassen waren. Magister Mellikor nahm eine Lupe und untersuchte jedes Zeichen eingehend. Er kannte sie alle, waren sie doch im Buch seines Großvaters abgebildet. Er hatte sie unter der Anleitung seines Vaters auswendig lernen müssen. Auf dem Eschenholz fand er kein verdächtiges oder unbekanntes Zeichen.

Magister Mellikor drehte und wendete den Stab im rötlichen Abendlicht. „Halt! Hier ist an einem Zeichen eine winzige Veränderung vorgenommen", rief er. „Es sieht aus, als ob jemand mit einer kleinen Zange die spitz zulaufende Ecke des AMAGON zu einer Spirale umgebogen hat." Xavier zuckte zusammen: „Der Stab war so gut wie neu, als ich ihn von meinem Meister bekommen habe. Wer könnte die Veränderung vorgenommen haben, ohne dass ich etwas merkte? Ich habe ihn eigentlich nie aus den Augen gelassen." „Dein Lehrer mit der leisen Stimme hat ihn dir gegeben?" „Ja, derselbe. Ich war so glücklich, als er ihn mir schenkte. Schon vorher durfte ich gelegentlich mit ihm zaubern."

Magister Mellikor sinnierte: „Weißt du eigentlich, wie kostbar ein solch reich verzierter Stab ist? Er kostet hierzulande ein Vermögen. Und er hat ihn dir geschenkt. - Nun gut, ich würde ebenfalls einen Zauberstab verschenken, wenn ich einen würdigen Schüler hätte. - Wann hat er ihn dir überlassen?" „Als er mich nach Hause schickte, um mein Meisterstück zu vollbringen." Xavier fuhr zusammen: „Glaubst du, dass er den Stab verändert hat, um mir zu schaden?"

„Wohl eher aus einem anderen Grund", mutmaßte Magister Mellikor. „Du sagtest, dein Lehrmeister stamme offenbar aus unserer Gegend?" „Ganz genau kann ich das nicht sagen. Da er die Stadt B*** gut kennt, nehme ich es an. Zumindest muss er dort längere Zeit gelebt haben." „Wie dem auch sei", schloss Magister Mellikor, „er hat sicher einen Grund gehabt, dich hier dein Meisterstück machen zu lassen. Hat er dir die Apothekerfamilie ans Herz gelegt?" „Nein. Er hat mir aber zu verstehen gegeben, dass ein Zauber für Glück und Gesundheit am Geburtstag eines kleinen Mädchens ein würdiges Meisterstück ist. Zufällig habe ich beim Zuckerbäcker, als ich für meine Mutter dort ein Geschenk kaufte, gehört, dass die

kleine Tochter des Apothekers Geburtstag feiern würde."
Einen Augenblick lang durchfuhr es den Zauberer gewaltig:
war Gismut in das Geschehen verwickelt?
„Wir sind ein gutes Stück vorangekommen", beendete Magister Mellikor das Gespräch. „Morgen wollen wir zu klären
versuchen, was falsch gelaufen ist oder falsch laufen sollte.
Heute Nacht werde ich deinen Zauberstab noch eingehender
prüfen." „Glaubst du mir wenigstens, dass ich einzig und
allein in guter Absicht gehandelt habe?", fragte Xavier ver-
zagt. „Das glaube ich. Dich trifft keine Schuld."

XII

Hans klopfte in aller Frühe an die Tür Meister Abrahams.
Susanna ging öffnen. Sie war die einzige, die wach war. „Ich
habe eben einen Brief von Magister Mellikor vorgefunden. Er
glaubte wohl, dass ich früher auf sei als Meister Abraham. Ich
muss dringend mit ihm sprechen." „Er schläft noch. Wir
haben uns die Wache bei Isabella geteilt, da ist er erst sehr
spät in der Nacht zu Bett gekommen." „Darf ich hier im Haus
warten?" „Natürlich. Mir scheint, du gehörst sozusagen zur
Familie." Susanna nahm ihn mit nach oben in Isabellas
Schlafgemach. Sie setzten sich auf die Sessel, die am mittleren
Fenster standen. „Hast du keine eigene Familie?", fragte sie
im Flüsterton. „Nein. Eine richtige hatte ich nie." „Wie bist du
dann aufgewachsen? War das nicht schrecklich?", fragte sie
mitfühlend. „Nein. So schrecklich war es nicht."
Hans erzählte ihr leise: „Ich bin ein Findelkind. In einer Stadt
weit im Osten wurde ich kurz nach meiner Geburt auf der
Schwelle eines reichen Ratsherrn abgelegt. Eine Dienstmagd
fand mich und zeigte mich ihrem Herrn. Der fragte sie, ob sie
den Säugling aufziehen wollte. Sie stimmte zu und durfte in

ihrem Dienst ein wenig nachlassen, um sich um mich zu kümmern." „Dann weißt du nicht, wer dein Vater oder deine Mutter sind?" „Nein. Als ich vier Jahre alt war, heiratete die Magd. Ihr Mann, ein Seifensieder, wollte mich nicht, er scheute das Gerede der Leute."

„Wohin bist du dann gekommen? In ein Findelhaus?" Susanna sah Hans mitleidig an. Hans erklärte ihr: er durfte zunächst im Hause des Ratsherrn bleiben und dessen jüngerem Sohn Gesellschaft leisten. Er bekam denselben Unterricht wie der kleine Gustav durch einen Hauslehrer. Später wurde er auf die Klosterschule geschickt, um Latein zu lernen und Priester zu werden. „Ich sollte wohl für das Seelenheil der Familie eine Art Garantie sein", lachte er. Susanna schmunzelte: „Wie ich dich kennengelernt habe in den wenigen Tagen, hattest du gewiss einen viel zu lebhaften Geist für ein Leben im Kloster." Das hatten auch die Mönche gemerkt. Sie bestraften ihn für jeden Zweifel an ihren Worten. Das ertrug er nicht. Eines Nachts kletterte er über die Klostermauer und rannte davon. Die Klosterbrüder waren sicherlich froh, ihn los zu sein, und hatten nicht nach ihm geforscht.

Thomas klopfte an die Tür und brachte Susanna und Hans heiße Schokolade. „Die wird euch guttun so früh am Morgen." Dankbar leerten beide ihre Tassen. Dann nahmen sie ihre leise Unterhaltung wieder auf. „Seitdem habe ich mich in verschiedene Dienste begeben. Meistens hielt es mich nicht allzu lange und ich bin weitergewandert."

Hans erzählte, wie er in einem glücklichen Augenblick Magister Mellikor begegnet war und sein Diener wurde. „Sicherlich hast du es bei Magister Mellikor gut gehabt. Er scheint ein besonders netter Mensch zu sein", meinte Susanna. „Hast du eine Ahnung! Er benahm sich sehr unzugänglich und herrisch, was mir so noch nicht vorgekommen war. Ich musste ihn sozusagen erst einmal zur Besinnung bringen und zurechtbiegen. Keine leichte Aufgabe, kannst du mir glauben.

Aber du hast recht, er ist wirklich sehr liebenswert." Inzwischen hatte sich die Morgenröte in den Raum gestohlen und alles in einen rosigen Schimmer getaucht. Susanna nahm ihr Nähzeug auf. „Wie macht sich Annabell denn in deiner Schule?", neckte Hans sie, „ist die Frau Professorin zufrieden?" „Annabell ist ein wahres Wunder. Sie lernt sehr schnell und stellt tausend schlaue Fragen. Manchmal kann ich ihr nicht antworten. Gestern fragte sie mich glatt, warum Wespen einen Stachel haben und Fliegen keinen. Beide surrten doch, um eine Torte und störten beim Essen. erklärte sie. Was sollte ich da antworten? Wir beide mussten furchtbar lachen. Darüber vergaß sie die Frage zum Glück." „Nein", rief Annabell, die gerade ins Zimmer trat, „aber ich glaube, du weißt es nicht. Weißt du es, Onkel Hans?" „Nein. Ich nehme an, die Natur, die beide hervorgebracht hat, hat es so gewollt." „Das ist zu einfach! Du weißt es also nicht!", jubelte Annabell und tanzte mit ihrem Hasen um das Bett ihrer Mutter.

Als Meister Abraham endlich aufstand, war es später Vormittag. Er war sehr beschämt, so lange geschlafen zu haben, und entschuldigte sich bei Hans, dass er ihn hatte warten lassen. „Du hast den Schlaf besonders nötig, du hast zu oft sehr lange gewacht", beschwichtigte ihn Hans. „Du musst bei Kräften bleiben." Er übergab ihm den Brief. „Magister Mellikor hat womöglich etwas herausgefunden, das uns weiterhilft." Meister Abraham erbrach das Siegel und überflog die Zeilen. Dann las er laut:

Lieber Freund,

bei mir tauchte vor wenigen Stunden ein junger Zauberer auf, der am Schlaf Isabellas indirekt schuld ist. Er wurde von seinem Lehrmeister betrogen. Wahrscheinlich diente er den Rachegelüsten dieses Meisters als Werkzeug. Der hat den Stab des jungen Mannes verändert. Du weißt, was das bedeuten kann.

Entsinne dich, wann du einem Rivalen in die Quere gekommen bist. Der Mann scheint längere Zeit in unserer Gegend gelebt zu haben, bevor er das Land verließ und nach Italien ging. Ich hoffe, du erinnerst dich! Es ist dringend!

Dein Freund MM

PS. Der Mann sprach – zumindest in Italien - betont leise und verhielt sich ängstlich oder misstrauisch.

„Ein Zauberer in Italien!", wiederholte Hans. „Ganz offenbar ist es der", vermutete Meister Abraham, „der uns damals die giftige Schlange ins Haus geschickt hat. Wer kann das sein?" „Sein unbändiger Hass muss aus sehr alter Zeit herrühren. Wie sollst du dich da erinnern!", rief Hans.

Im Turmzimmer des Schlosses stand am Morgen der schwarze Hund zähnefletschend vor dem Sofa, auf dem Magister Merllikor den Rest der Nacht verbracht hatte. Beide, er und Xavier, hatten vergessen, ihn wegzuzaubern oder einzusperren. Der Zauberer griff seinen Zauberstab und wünschte das Biest fort. Der Hund legte jedoch seinen Kopf auf die Vorderpfoten und schlief ein.

Magister Mellikor war alarmiert. Warum konnte er das Tier nicht einfach verschwinden lassen wie all die Tiere, die er jemals herbeigewünscht hatte? Er nahm Xaviers Stab in die Hand. Mit dem hatte er in der Nacht ohne einen Zwischenfall gezaubert. Er beschwor mit diesem Stab den Vierbeiner, zu verschwinden. Der Hund bewegte seine Pfoten im Schlaf und jaulte. Hier stimmte etwas nicht.

Während er grübelte, kam Xavier ins Turmzimmer. Der Hund sprang ihn an und biss ihn kräftig in den Oberarm.

Verschreckt versuchte Xavier sich zu wehren und ihn abzuschütteln. Magister Mellikor riss den eignen Zauberstab an sich und wünschte den Hund fort. Der fiel erneut unmittelbar in Schlaf und zog Xavier mit sich zu Boden.

Der Zauberer bog dem Tier die Kiefer auseinander, half dem jungen Mann auf die Beine und nahm ihn mit in seine Studierstube. Die Tür zum Turmzimmer schloss er ab. Bleich und zitternd zog sich Xavier das Wams und das blutige Hemd aus. Magister Mellikor besah sich die Bisswunde. Die Zähne der Bestie waren tief ins Fleisch gedrungen. Blut floss reichlich. Er drückte mehr Blut aus der Wunde, bevor er sie mit einem sauberen Tuch reinigte und sie fest verband. „Du hast Glück gehabt", sagte er, „dass der Muskel nicht zerfetzt ist. Wir müssen darauf achten, dass sich die Wunde nicht entzündet. Heute Abend werde ich dir eine spezielle Salbe darauf streichen. Sie hat mir einmal das Leben gerettet, ein Rest ist noch übrig."

„Der grässliche Köter, was wird er als nächstes anstellen?", fragte Xavier, „wie sollen wir ihn wieder loswerden, wenn die Zaubersprüche ihn nicht vertreiben?" „Wir dürfen ihn nicht wegwünschen, wir müssen ihn vielmehr beobachten und sein Verhalten genau studieren, damit wir herausfinden, welche Macht ihn treibt. Erst dann könnten wir erkennen, welche Auswirkung die Veränderung an deinem Zauberstab hat."

„Im Notfall kannst du das Vieh mit deinem Zauberspruch zumindest in Schlaf versetzen - hoffe ich wenigstens", sagte Xavier.

Isabella gefror das Blut in den Adern: Eine Schlange hob ihren dreieckigen Kopf, öffnete weit ihren Rachen und zeigte die spitzen Giftzähne. Auf der Bettdecke glitt sie langsam näher. Isabella erkannte das Reptil sofort an seinem blauen Muster auf dem Kopf: es war die Schlange, die schon einmal ihr und

ihres Mannes Leben bedroht hatte. Woher kam sie so plötz-
lich? Gebannt starrte Isabella ihr in die Augen.
Im Geiste sah sie andere, durchdringende dunkle Augen, die
ebenso starr auf sie gerichtet gewesen waren, als sie sehr jung
war. Die Augen waren die eines zornigen Mannes gewesen.
Die Schlange glitt näher und näher. Ohnmächtig erwartete
Isabella den tödlichen Biss. Sie konnte nicht fliehen, sich nicht
bewegen. Dicht vor ihrem Kinn verharrte die Schlange. Das
Reptil wendete den Kopf zur Seite, es schaute auf Annabell,
auf ihr Kind!

Annabell, die neben dem Bett saß, nähte eifrig an einem Stofftier. „Annabell, du bist in Gefahr! Annabell, höre mich!", flehte Isabella stumm. Plötzlich sprang etwas auf die Bettdecke, packte das Tier und riss es fort. „Sieh mal, Susanna!" Stolz hielt das Mädchen ihr Stofftier hoch. „Meine Katze ist fertig! Sie hat eben in meiner Hand gezuckt, als ob sie lebendig wäre." „Sie hat sich gefreut, fertig zu sein, und hat gleich eine Maus gefangen", lachte Susanna und bewunderte die Näharbeit. „Jetzt fehlen nur noch die Schnurrhaare."

XIII

Magister Mellikor warf sich seinen lila Umhang über die Schultern und setzte den spitzen Hut auf. „Nimm deinen Zauberstab, wir besuchen die Elfenkönigin!" Er musste es wagen, Xavier mit zur Wiese und der geheimen Hütte zu nehmen. Gemeinsam gingen sie den Bergweg hinunter. Xavier war begeistert. Eine solche Fülle an Blumen hatte er noch auf keiner Wiese gesehen. Hier blühten nicht nur die ihm bekannten Sommerblumen, sondern auch viele Kräuter und seltene Orchideen. An der Hütte machten sie Halt,

Xaviers Arm schmerzte. Sie setzten sich auf die Bank. Von den Blumen drangen leise Melodien an ihr Ohr. Sie wurden schläfrig und träge, lehnten sich zurück an die Hüttenwand und dösten in der Sonne. Die bedrohlichen Erlebnisse der letzten Stunden waren vergessen.

Als die Schatten länger wurden, krächzte der Rabe vernehmlich vom Dach, Vögel sangen ihr Abendlied. Die Männer lösten sich aus ihrem Halbschlaf. „Bist du auch fast eingeschlafen vom Elfengesang?", wollte Magister Mellikor wissen. „Mir ist ganz benommen zumute", gähnte Xavier und rieb sich die Augen. „Du bist wahrhaftig ein Zauberer, nur Zauberer betört der Elfengesang." Zufrieden packte Magister Mellikor ihn am gesunden Arm und half Xavier von der Bank. „Lass uns jetzt schnell zur Elfenkönigin!" Hastig gingen sie durch das hohe Gras und die Blumen an den Waldrand. Der Dornbusch mit der großen Rose stand alles beherrschend im Unterholz. Magister Mellikor rief nach der Königin. Sie erschien in der Blüte und sah ihn an. „Du kommst nicht allein. Hast du einen würdigen Schüler gefunden?" „Das muss sich herausstellen. Zumindest ist dieser junge Mann ein Zauberer, denn er ist vom Gesang deiner Elfen eingeschlummert." „Und was ist dein oder sein Begehr?"

Magister Mellikor berichtete, was an Annabells Geburtstag geschehen war, was schon unternommen wurde und was Xavier ihm erzählt hatte. Er erwähnte auch den Bann, mit dem er die Haustüren des Apothekers belegt hatte. „Du hast mir damals im Wald der Zwerge geraten, die Familie durch einen Zauber zu schützen." „Er tut noch immer seine Wirkung. Zwar ist er durch Annabells Neugier umgangen worden, aber kein Fremder weiß um ihn, da sei sicher." Magister Mellikor war einen Augenblick lang erleichtert. Als sein Blick auf Xavier fiel, nagte leise Sorge an ihm, denn nun wusste auch der davon. Xavier hörte die ganze Zeit über aufmerksam zu. Einer Elfenkönigin war er niemals begegnet.

Er hatte zudem ein Geheimnis erfahren, wie man sich oder andere schützen konnte. Ihm dämmerte, was oder vielmehr was nicht geschehen wäre, wenn der Diener ihm die Tür geöffnet hätte. Wer hatte es gefügt, dass der Diener das Klingeln nicht beachtet hatte? Reichte die Macht seines Lehrmeisters so weit?

„Was kann ich tun, um das Unglück nun ungeschehen zu machen?", fragte Xavier nach einer Pause die Königin. Sie sah ihm lange in die Augen, dann nickte sie zufrieden. „Nichts", antwortete sie. „Niemand außer demjenigen, der das Böse herbeigeführt hat, kann rückgängig machen, was geschehen ist." Entsetzt sahen sich die beiden Zauberer an. „Wie können wir ihn finden?", fragten sie wie aus einem Munde. „Einen Zauberer des Bösen zieht es an den Ort, an dem die grausame Tat geschehen ist. Er wird in die Stadt kommen, um sich zu überzeugen, dass ihm gelungen ist, was er herbeiführen wollte. Geht und erwartet ihn. Den unseligen Zauberstab lasst in meiner Obhut." Gehorsam schleuderten sie den Stab in den Dornenbusch. Ranken schlossen sich alsbald vor ihren Augen um ihn und verbargen ihn. Die Zauberer verneigten sich und gingen zurück zur Hütte.

Vor dem Haus Meister Abrahams hielt eine Kutsche. Eine Frau mit zwei kleinen Töchtern stieg aus und wurde von Thomas ins Haus geleitet. Meister Abraham hatte in der Apotheke zu tun und seine Frau in Susannas Obhut gelassen, also empfing Susanna die Dame. Sie bat Thomas, Erfrischungen für die Kinder und Tee für die Mutter zu bringen.

Die Frau fühlte sich unbehaglich. War Meister Abraham eine neue Ehe eingegangen? Susanna spürte ihre Zurückhaltung und beruhigte sie: „Ich bin Susanna, die Pflegerin der Hausherrin. Sie liegt in tiefem Schlaf, aus dem selbst ärztliche Kunst sie nicht wecken kann." „O mein Gott! Wir sind gekommen, um Isabella zu besuchen. Ich bin Antonia, ihre

Freundin aus Kindertagen. Wir waren lange im Ausland, zuletzt in Paris, und sind erst vor kurzem nach B*** zurückgekehrt. Uns hat seit der Einladung zu ihrer Hochzeit mit dem Apotheker keine Nachricht mehr erreicht. Hierher hat uns der nette Zuckerbäcker, der gegenüber ihrem alten Haus seinen Laden hat, den Weg gewiesen."

Thomas brachte die Erfrischungen.

„Sollen wir nicht lieber wieder fahren? Wir wollen keine unnötigen Umstände machen", sagte Antonia besorgt. „Wollt ihr nicht warten, bis Meister Abraham kommt? Er wird sich freuen, dich und deine Kinder kennenzulernen. Deine Freundin hat eine kleine Tochter von fünf Jahren. Sie kann mit deinen Töchtern Bekanntschaft schließen. Sie wird beglückt sein, mit anderen Kindern ist sie selten zusammen."

Susanna rief nach Annabell. Sie kam die Treppe heruntergesprungen und begrüßte die Mädchen ohne Scheu. Sie nahm sie mit nach oben in ihr Kinderzimmer und zeigte ihnen all ihre Spielsachen. Bald waren die Mädchen in ein Spiel mit Puppen vertieft, das sie ‚Besuch aus dem Paradies' nannten. Sie legten Zuckerwerk auf das neue Puppengeschirr, mit dem Annabell seit dem Geburtstag noch gar nicht richtig gespielt hatte.

Unterdessen unterhielt sich Susanna mit Antonia über Isabellas eigenartigen Schlaf, die Fortschritte, die Annabell im Lesen und Schreiben machte, und darüber, wie das Kind Zuversicht aus seinem Stoffhasen gewann. Schließlich führte sie Antonia die Treppe hinauf in Isabellas Schlafgemach. Stumm sah Antonia auf die Schlafende, dabei rannen ihr Tränen über die Wangen. „O Gott", flüsterte sie, „wie konnte das geschehen?"

Es klopfte leise, Hans stand vor der Tür. „Susanna, hast du ein wenig Zeit für ein Gespräch unter vier Augen?", fragte er.

„Warte, Hans. Die Familie hat Besuch bekommen von Isabellas Freundin." Sie machte beide miteinander bekannt. „Ich lasse euch gern allein und schaue kurz zu den Kindern", sagte Antonia, „dann möchte ich mich ein wenig von der Reise ausruhen."

Meister Abraham kam früher als erwartet nach Hause. Thomas berichtete ihm von Antonias Ankunft. In der Wohnstube traf er sie an. Er begrüßte sie herzlich: „Antonia, welch eine Überraschung! Isabella hat mir viel von dir erzählt und es immer sehr bedauert, dass du zu unserer Hochzeit nicht kommen konntest. Sei willkommen! Bleibe ein paar Tage. Ich habe jetzt Hoffnung, dass es mit Isabellas Schlaf ein Ende nimmt." Antonia sah ihn an und drückte mitfühlend seine Hand: „Was kannst du denn unternehmen, um sie aus solch einem Schlaf zu wecken?" „Ein Freund hat mir heute Morgen in einem Brief mitgeteilt, ich müsse mich erinnern, wann ich jemanden, einen Zauberer, arg beleidigt oder gekränkt habe. Sie liegt nämlich unter einem Zauberbann. Wenn ich mich erinnere, suche ich ihn und ziehe ihn zur Rechenschaft."

„Einen Zauberer?" Antonia schaute nachdenklich zu Boden: „Einen Zauberer?", wiederholte sie, „nein, nein, das glaube ich nicht. Mir ist so, Isabellas Vater hätte einst einen Zauberer, der sie heiraten wollte, abweisen lassen." „Davon hat Isabella mir nie etwas erzählt!", sagte Meister Abraham betroffen.

Antonia versuchte sich zu erinnern, was sich damals zutrug: „Er war ein sehr viel älterer Mann, Isabella fast noch ein Kind", sagte sie. „Er ließ nicht locker in seinem Bestreben, das Mädchen zu heiraten, kam wieder und wieder mit Geschenken und erneuerte seine Anträge." Sie runzelte die Stirn. „Ihr Vater forschte insgeheim nach, wer der Mann war. Er erfuhr in der Stadt B***, dass der Betreffende als Zauberer galt. Besorgt sann er darüber nach, wie er sein Kind vor Ungemach bewahren könnte." „Warum hat Isabella davon bloß nie erzählt?" Antonia hob ratlos die Schultern, sie fuhr fort: „Als der Zauberer ein letztes Mal seinen Heiratsantrag wiederholte, trat ihm Isabella auf Rat des Vaters entgegen, wie sie mir einmal erzählt hat. Sie sagte ihm direkt ins Gesicht, dass sie mit einem Zauberer nichts zu tun haben wollte. Heiraten könnte sie ihn nur, wenn er von der Zauberei für immer abließe. Wenn nicht, dürfe er ihr nie mehr unter die Augen treten." „Das muss ein schwerer Schlag für ihn gewesen sein", entfuhr es Meister Abraham. „Ganz offensichtlich", erwiderte Antonia, „denn seit dem Tag wurde der zudringliche Mensch nicht mehr gesehen." „Er ist, scheint es, nach Italien gegangen", sagte der Apotheker leise.

„Isabella blieb unverheiratet", erklärte Antonia, „weil sie glaubte, solange sie allein lebte, würde der Zauberer ihr nichts tun. Als sie dich kennenlernte, muss ihre Liebe so viel stärker gewesen sein als alle ihre Bedenken." „Und auch ich war ein Zauberer", bekannte Meister Abraham, „ich habe das Zaubern mit Freude aufgegeben, um Isabella heimzuführen." „Wie kann ein Mensch so rachsüchtig sein nach so vielen Jahren?", fragte Antonia. „Es ist merkwürdig, dass er Euch nicht schon früher bedroht hat." „Am Anfang unserer Ehe wurden wir einmal durch ein Geschenk, eine giftige Schlange, in Gefahr gebracht. Unser Arzt meinte damals, sie stamme aus südlichen Ländern."

Es läutete es an der Gartenpforte.

Magister Mellikor und Xavier wunderten sich. Im Haus Meister Abrahams war alles hell erleuchtet. Thomas ließ sie ein, dann verschwand er schnell in die Küche. Die Zauberer traten in die Stube Da saß der Apotheker mit einer unbekannten Frau. Meister Abraham sprang auf: „Was bringst du Neues? Ich weiß schon von dem Zauberer in Italien!" überfiel er den Freund. „Der ist von Isabella abgewiesen worden." Er sah Xavier misstrauisch an, der hinter Magister Mellikor stand. „Und wer ist das?" „Das ist Xavier, der junger Zauberer.

Ich habe dir in meinem Brief von ihm geschrieben." Erst jetzt fiel Meister Abraham auf, dass sein Freund verdutzt dreinblickte. Schnell holte er das Versäumte nach und machte ihn mit Antonia bekannt. Er fasste in wenigen Worten zusammen, was er von ihr gerade eben erfahren hatte.

Aus der Küche drangen aufgeregte Kinderstimmen zu ihnen. „Antonia hat ihre beiden Töchter mitgebracht", erklärte Meister Abraham. „Der gute Thomas backt den Kindern gerade Waffeln."

Die Aufregung legte sich und Magister Mellikor schilderte ihre Begegnung mit der Elfenkönigin. „Sie hat versichert", sagte Xavier, „er wird hierher kommen, um sich vom Gelingen seines Trachtens zu überzeugen". „Wann? Wie lange sollen wir darauf denn warten?", rief Meister Abraham ungeduldig. Magister Mellikor schüttelte bedauernd den Kopf. „Von nun an müssen wir uns darauf vorbereiten, es mit ihm aufzunehmen", gab er zu bedenken. „Kann Hans nicht ebenfalls anwesend sein, wenn der Unbekannte kommt?" „Hans ist oben bei Susanna" sagte Antonia. „Er hatte etwas mit ihr zu besprechen." „Lasst mich raufschauen. Ich habe meine Frau noch nicht gesehen heute Abend".

Meister Abraham eilte die Treppe hinauf. Leise öffnete er die Tür zum Schlafgemach. Er begrüßte Susanna und Hans und gab seiner schlafenden Frau einen Kuss auf die Stirn. „Susanna, darf ich dir Hans ein Weilchen entführen?" fragte er. Sie nickte zustimmend.

Auf dem Weg nach unten machte er Hans damit vertraut, was sich inzwischen an Neuem ergeben hatte. Er fragte ihn, ob er nicht bleiben und ebenfalls auf den Fremden warten wolle. Hans stimmte zu. In der Stube begrüßte er die beiden Zauberer. Als er hörte, dass Xavier der Sohn der Hexe war, unterhielt er sich lebhaft mit ihm über seinen Aufenthalt in Italien und seine Ausbildung zum Zauberer.

Antonia holte derweilen die Kinder aus der Küche und brachte sie zu Bett. Zu Susanna ging sie anschließend, um ihr Gesellschaft zu leisten, solange Hans und die Zauberer noch im Hause weilten. Susanna freute sich zu hören, welche Nachricht Magister Mellikor gebracht hatte, denn Hans hatte ihr in den letzten Tagen regelmäßig die Lage beschrieben. „Wir müssen warten, der fremde Zauberer wird hierher kommen", verriet Antonia, „es wird wahrscheinlich schwer werden, ihm beizukommen." Beide Frauen hatten sich viel zu erzählen, waren sie doch in der gleichen Stadt aufgewachsen.

Es war spät geworden, da läutete es noch einmal an der Gartenpforte. Hans ging öffnen in der Erwartung, den fremden Zauberer abzufangen. Vor der Pforte stand indes der Schuster und teilte mit, ein fremder Mann mit weißen Haaren habe nach dem Haus des Apothekers gefragt. Nun war klar: eine Entscheidung stand unmittelbar bevor. Hans überlegte: „Wie können wir uns darauf vorbereiten? Nur du, Magister Mellikor, hast einen Zauberstab. Immerhin versteht Xavier die Kunst des Zauberns, und du, Meister Abraham, bist vielleicht bereit zu zaubern, wenn es zum Äußersten kommt." Hans sah besorgt drein. „Ein Stab für drei scheint mir etwas wenig, wenn der Fremde sehr entschlossen handelt."
Die Freunde verabredeten, bevor sie das Haus verließen, sich am Morgen wieder einzufinden. Gismut wollten sie bitten, mit ihnen gemeinsam zu beraten, wie sie vorgehen konnten.
„Was für ein Tag!", bemerkte Meister Abraham später Susanna gegenüber, „die Ereignisse haben sich förmlich überschlagen! Geh du jetzt zur Ruhe, ich übernehme wieder als erster die Wache an Isabellas Bett."

XIV

Zwei Tage vergingen, ohne dass sich jemand meldete.

In der Mittagsstunde des dritten Tages läutete ein weißhaariger Mann an der Pforte. Thomas ging diesmal öffnen und führte den Fremden, der sich als Verwandter von Isabella vorgestellt hatte, ins Haus. In der Wohnstube trat ihm zunächst nur Meister Abraham entgegen und empfing ihn höflich. „Sei gegrüßt", sagte der alte Mann mit leiser Stimme und sah sich dabei unsicher um, „ich bin gekommen, um meine Nichte Isabella in einer Erbschaftsangelegenheit zu sprechen." „Meine Frau ist unpässlich und empfängt niemanden", bedauerte Meister Abraham, „kann ich etwas für dich tun?" „Nein. – Doch, - könnte ich vielleicht meine Großnichte sehen? Mir ist zu Ohren gekommen, ihr habt eine liebliche Tochter. Bevor ich gehe und ein andermal wiederkomme, möchte ich sie kennenlernen." „Annabell spielt gerade mit ihren Freundinnen."

Der Fremde wurde bleich und sah den Apotheker misstrauisch an. Meister Abraham räusperte sich, das Zeichen, dass Xavier in die Stube treten sollte. Schon beim Eintreten rief Xavier voller Zorn: „Du hast mich für deine Zwecke missbraucht! Ich hatte dir in allem vertraut. Du hast dich an meinem Zauberstab vergriffen und ein Zeichen verändert. Jetzt bin ich schuld, dass ich die Frau des Apothekers in Schlaf versetzt habe, aus dem sie nicht aufwacht." Der Alte zuckte bei diesen Worten zusammen. „Isabella schläft? Meine geliebte Isabella ist verzaubert? Wie konntest du nur!" Er zeigte anklagend mit dem Finger auf Xavier und zog drohend die Augenbrauen zusammen. Unmerklich hob er die Hand, da stand der schwarze Hund vor Xavier und knurrte ihn an. Magister Mellikor, der das Geschehen durch die halboffene Tür beobachtete, hob seinen Stab.

Der Hund legte sich nieder und Magister Mellikor trat vollends in die Stube. „Dein Schüler kann nichts für Isabellas Schlaf, das weißt du ganz genau", wandte er sich ungehalten an den Unbekannten, „du selbst hast durch die Veränderung an seinem Zauberstab alles Unglück herbeigeführt. Du wolltest vermutlich nicht sie treffen, sondern ihr Leid zufügen mit dem Schlaf ihrer Tochter. Das ist ebenso schändlich. Glaubtest du etwa, sie dadurch zurückgewinnen zu können?" „Sie ist mein! Sie war und ist für mich bestimmt! Kein anderer darf sie besitzen! Solange sie allein lebte, hatte ich sie sicher. Mit der Hochzeit war alles vorbei. Sie hätte die Strafe verdient, sich um ihre Tochter zu sorgen." „Jetzt aber hat es sie getroffen", mischte sich Hans ein, der hinter der Tür gelauscht hatte und nun hereinkam. „Es ist jetzt an dir, sie aufzuwecken!" „Dazu muss ich an ihr Bett und ihr in die Augen sehen." „Wir begleiten Dich", bestimmte Magister Mellikor.

Zusammen gingen die Männer nach oben in das Schlafgemach, in dem Isabella unbeweglich lag. Susanna glitt erschrocken zur Seite, als sie den Weißhaarigen sah, und stellte sich an eines der schmalen Fenster. Der alte Zauberer beugte sich über Isabella und betrachtete sie sehnsüchtig. Eine Träne lief über seine zerfurchte Wange. Er sagte lange nichts, machte auch keine Bewegung mit der Hand, in der er den Zauberstab hielt.
Auf leisen Pfoten kam der Hund in den Raum, ohne dass jemand es bemerkte. Der Unbekannte richtete plötzlich den Blick auf Meister Abraham und sagte entschieden: „Nein, niemals. Sie bleibt so auf ewig mein." Die Anwesenden sahen ihn fassungslos an. In dem Augenblick richtete sich der Hund auf und sprang dem Alten an die Gurgel. Magister Mellikor konnte rechtzeitig den Hund auf dem Teppich in Schlaf sinken lassen.

Der fremde Zauberer griff sich an den Hals. Als er sich unverletzt fand, starrte er Magister Mellikor an: „Du bist ein Zauberer! Und Isabella hat dich in ihrem Haus geduldet?", fragte er ungläubig. „Das kann unmöglich sein!" „Es ist aber so", entgegnete Magister Mellikor ruhig. „Im Gegensatz zu dir habe ich niemals Zuneigung oder Freundschaft von ihr erzwingen wollen. Sie hat mir ihre Freundlichkeit aus freien Stücken gewährt, auch als sie erkannte, dass ich ein Kundiger bin." „Mich hat sie geheiratet, nachdem ich der Zauberei abgeschworen hatte", erklärte Meister Abraham stolz. „Nun erlöse sie auf der Stelle!" Wieder sah der Fremde sinnend auf Isabella hinab.

„Du bist es auch mir schuldig", stieß Xavier hervor, „deinetwegen bin ich in Verdacht geraten und gelte in den Augen anderer als ein Zauberer des Bösen." „Du hast nur deine Aufgabe erfüllt", rechtfertigte sich der alte Mann. „Du hast mich heimtückisch angestiftet zu etwas, was mir nie in den Sinn gekommen wäre. Du hast den Hund auf mich gehetzt, um einen Zeugen loszuwerden! Du bist der Zauberer des Bösen!", schrie Xavier ihn an und ging drohend auf ihn zu: „Jetzt musst du sie erlösen!"

So in die Enge getrieben, wandte sich der weißhaarige Alte Isabella zu, raunte einen Spruch und bewegte seinen Zauberstab. Isabella schlug die Augen auf und blickte in die dunklen Augen über sich. „Du bist wiedergekommen", murmelte sie. „Willst du mich abermals bedrängen?" „Gehe mit mir", flehte der Fremde eindringlich, „komm mit! Du sollst wie eine Königin leben. Alle Wünsche werden dir erfüllt. Gleichgültig können dir doch die anderen sein! Komm mit mir!" „Lass mir meine Ruhe! Ich bleibe bei meinem Mann und meinem Kind. Ohne sie ist mir mein Leben nichts wert. Bitte geh!"

Mit wutverzerrtem Gesicht und halb von Sinnen hob der Fremde seinen schwarzglänzenden Stab. Magister Mellikor umfasste seinen Zauberstab fester, bereit, sofort einen

Gegenzauber auszusprechen. „Nur eine Arnikablüte, in der noch keine Biene Honig gesammelt hat, kann…", begann der Alte seinen Bann zu erneuern. „Halt! Der Hund!", schrie Susanna voll Entsetzen.

Zu spät. Das unheimliche Tier hatte dem fremden Zauberer bereits die Kehle durchbissen. Die Anwesenden wandten sich von dem Grauen ab. Nur Magister Mellikor kniete nieder und hielt dem Sterbenden die Hand. „Die Unsichtbaren haben ihn gerichtet! Der Hund ist verschwunden. Sein Zauberstab ist nicht mehr da!", rief Xavier erregt.

Meister Abraham erlangte als erster die Fassung wieder. „Helft mir, den Toten wegzutragen", bat er die Freunde, „am besten in die Kammer am Ende des Flurs. Hans, kümmere du dich um Susanna, bring sie in ihr Zimmer, sie ist einer Ohnmacht nahe." Nachdem sie zu dritt den leblosen Körper in den abgelegenen Raum gebracht hatten, ging Meister Abraham schnell nach unten auf der Suche nach Thomas. „Ein Unglück ist geschehen. Bitte, wisch das Blut in Isabellas Zimmer auf. Sie liegt noch immer in ihrem Schlaf."

In der Studierstube erzählte Gismut den Kindern und Antonia gerade ein Märchen von Zwergen und Riesen. Meister Abraham nahm Antonia zur Seite und berichtete ihr im Flüsterton kurz, was sich oben zugetragen hatte. Sie wandte sich an den Zwerg und übernahm das Erzählen. Gismut verließ unauffällig mit Meister Abraham den Raum. Die Kinder lauschten nach der kurzen Unterbrechung Antonia ebenso gespannt wie vorher Gismut.

In der Wohnstube machte Meister Abraham seiner Erregung Luft: „So unmittelbar war ich nie Zeuge, wie Die Unsicht-baren eingreifen. Es ist nur gut, dass Isabella nichts davon erleben musste", sagte er. Die beiden Zauberer stimmten ihm zu, sie waren zutiefst beeindruckt. Gismut machte sich seine eigenen Gedanken, er hatte ihre Macht ja am eigenen Leibe erfahren.

Dann erst ging den Freunden auf, wie schwer es sein mochte, den neuerlichen Bann zu brechen. „Ich fürchte eine solche Blüte können weder ich noch Xavier herbeizaubern. Wir sollen sie ganz bestimmt, wenn überhaupt, nur nach langer, mühevoller Suche finden", vermutete Magister Mellikor. „Es ist wohl das Beste, wenn wir auf deiner Wiese im Wald mit der Suche nach einer unberührten Arnikablüte beginnen", schlug Gismut vor. „Morgen in aller Frühe sollten wir uns dort treffen." „Annabell kann dabei eine Hilfe sein", meinte Magister Mellikor, „Hans kann mit ihr gleich zum Schloss reiten, während wir uns um den Toten kümmern."

Mit dem Patenkind vor sich im Sattel ritt Hans zum Schloss. Er brachte sie dort zu Bett. Der Zauberer, Xavier und Meister Abraham brachten den Toten im Morgengrauen in den Wald und bestatteten ihn in der Familiengruft neben dem Schloss, ohne dass andere Menschen davon etwas merkten.

XV

Tautropfen hingen noch im Gras, als die Freunde auf der Wiese zusammenkamen, um nach der Arnikablüte zu suchen. Susanna und Antonia mit ihren Töchtern waren zu Hause geblieben. Pünktlich war auch Gismut zu Stelle. „Ich weiß nicht, wie die Blume aussieht!" Fragend sah Annabell ihren Vater an. Er nahm sie an die Hand und führte sie zu einer Blüte. Annabell prägte sich genau die gelben Blütenblätter, die um den Blütenkorb wuchsen, die rauen Blätter und den aromatischen Duft ein. „Du darfst die Blume nicht in den Mund nehmen", warnte Gismut, „ihr Saft ist sehr scharf und verursacht dir Schmerzen." „Und woran erkennt man, dass keine Biene in ihr Nektar gesaugt hat?", wollte Annabell wissen. „Das wissen wir leider alle nicht", bedauerte ihr Vater. „Müssen wir dann alle Blüten pflücken?" „Nein, vielleicht nur die, die nicht ganz aufgeblüht sind, Annabell", vermutete Hans.

Jeder griff eins der herbeigezauberten Weidenkörbchen und machte sich auf die Suche. Es war mühsam zu entscheiden, welche Blüte gerade aufgeblüht war und welche schon gestern. Die Körbchen füllten sich schnell. Magister Mellikor näherte sich dem Waldrand. Er sah die Rosenblüte und rief nach der Elfenkönigin. Sie fragte ihn ungehalten: „Was macht ihr mit all den Blüten? Ihr zerstört unsere Tanzfläche." Der Zauberer erklärte ihr den Zweck ihrer Suche und gestand, dass sie nicht wussten, wie sie erkennen konnten, ob sich die richtige Blüte in einem ihrer Körbchen befand.

Die Elfenkönigin bat ihn, mit der Suche einzuhalten. Nur Annabell sollte weitersuchen, sie würde schon die entscheidende Blume finden. Die Erwachsenen stellten ihre Körbchen mit den gesammelten Blüten unter einen Baum in den Schatten. Meister Abraham hatte sie darum gebeten, er beabsichtigte, sie später in der Apotheke zu trocknen, um sie seinen Kunden für Heilzwecke anzubieten. Annabell ließ ihren Korb ebenfalls stehen, sie wollte sich auf ihr Glück verlassen. „Ich kann die Blume finden. Ganz bestimmt. Der Hase hilft mir dabei."

Langsam ging Annabell mit dem Hasen im Arm über die Wiese und berührte jede gelbe Strahlenblüte, die sie auf ihrem Weg erreichen konnte. „Bist du die richtige?", fragte sie jedes Mal, bekam aber keine Antwort. „Was fragst du?", ertönte ein Stimmchen endlich in einer Blume. Annabell schaute genau hin. Ein winziges Gesichtchen sah sie an. „Wer bist du?", staunte Annabell. „Ich bin eine Elfe und wohne in dieser Blüte." „Dann sage mir, ob schon eine Biene hier war", verlangte das Kind, „bitte verrate es mir. Meine Mama kann sonst nicht aufwachen."

„Sei ruhig, Kind, ich will dir helfen. Hier war schon eine Biene. Wir können Blumen nicht als Wohnung nutzen, wenn der Nektar noch in den Blüten steckt. Ich helfe dir suchen, wir Elfen kennen uns aus." Das Elflein verließ seine Wohnung, setzte sich auf Annabells ausgestreckte Hand und begutachtete Blüte für Blüte, zu denen Annabell es trug. „Hier ist eine unberührte." Annabell pflückte sie, bedankte sich bei der Elfe und ließ sie in roten Mohn schlüpfen. Voller Stolz zeigte sie den Erwachsenen ihren Fund: „Eine Elfe hat mir geholfen", rief sie freudestrahlend.

Ohne Zeit zu verlieren, kehrten Meister Abraham und Hans mit Annabell zu Pferde in die Stadt zurück. Zu Hause nahm Meister Abraham die Arnikablüte und legte sie auf Isabellas Lippen. Isabella regte sich ein wenig, wachte aber nicht auf. „Auf die Augen wage ich sie ihr nicht zu legen", sagte er, „der scharfe Saft könnte ihr das Auge verletzen." „Mir scheint, der tote Zauberer hat ihr Herz in Bann gelegt. Leg ihr die Blüte doch auf das Herz", schlug Susanna vor. Sie öffnete vorsichtig Isabellas Nachtgewand und der Apotheker legte ihr die Blüte auf die Brust. „Sieh, sie bewegt sich!", rief Hans leise. „Sie schlägt die Augen auf!" Annabell schmiegte sich glücklich an Susanna. „Der Zauber ist gebrochen!", sagte Hans. Auf Zehenspitzen verlie-ßen Hans, Susanna und Annabell das Schlafgemach, um Meister Abraham Gelegenheit zu geben, allein mit seiner erwachenden Frau zu sein.

Unten in der Stube saß Antonia. Sie hörte sich voller Freude die frohe Kunde an und ging mit Annabell ins Kinderzimmer zu ihren Töchtern. Susanna blieb mit Hans zurück. Thomas brachte ihnen heiße Schokolade und ein Frühstück.

Isabella sah ihren Mann an. Sie spürte, wie er ihre Hand nahm und ihre Finger leicht drückte. Sie erwiderte den Druck: Sie konnte sich wieder bewegen!

„Was ist geschehen?", fragte sie mit klarer Stimme und wandte ihr Gesicht ihrem Mann zu. „Du hast lange geschlafen. Nun bist du endlich erwacht!" Vorsichtig küsste Meister Abraham seine Frau und legte den Arm um ihre Schultern, um sie aufzurichten. Isabella setzte sich und sah sich um. Neben ihrem Bett stand eine Fußbank, auf der Nähzeug lag. „Wer hat das Nähzeug hierher gebracht?", fragte sie verwundert. „Das ist Annabells Nähzeug, sie hat an deinem Bett mehrere Tiere genäht." „Dann war das kein Traum? Ich habe geträumt, dass sie das Nähen gelernt hat von eine Frau, die Susanna heißt." „Nein, Isabella, das war kein Traum. Du warst in einen Zauberschlaf versetzt. Viel zu lange konntest du nicht geweckt werden. Da habe ich Susanna ins Haus genommen, damit sie deinen Schlaf bewacht und Annabell Gesellschaft leistet." „Und die Schlange?", fragte Isabella. „Welche Schlange? Hier war keine Schlange." „Dann habe ich das geträumt", seufzte sie erleichtert.

Sie erzählte ihrem Mann, was sie in ihrem Schlaf erlebt oder geträumt hatte. Vorsichtig machte Meister Abraham sie mit den Versuchen der Freunde vertraut, herauszufinden, welches die Ursache ihres Schlafs gewesen sein mochte. Er berichtete ihr von der Begegnung mit dem fremden Zauberer, verschwieg ihr aber sein gewaltsames Ende.

„Warum hast du mir nie etwas von ihm gesagt?", fragte er sie und sah sie ein wenig vorwurfsvoll an. „Dann wäre alles viel leichter gewesen." „Verzeih mir, bitte. Ich weiß es nicht. Ich wollte wahrscheinlich vergessen", versuchte sie eine Erklärung zu finden, „ich wollte nicht mehr unter dem Gefühl einer Bedrohung leben, die ich mir vielleicht nur eingeredet hatte. Er war nicht mehr aufgetaucht. Ich hielt es nicht für möglich, dass er so lange wartet. Ich wollte Dir nichts verheimlichen."

„Und als uns die Schlange überbracht wurde?" „Da war es mir nur wichtig, sie aus dem Haus wegzubekommen, ohne dass wir sie töten mussten. Ich war so aufgeregt und ängstlich." „Und der Gedanke an ihn ist dir später auch nicht gekommen?" „Nein. – O Abraham, er wird es wieder versuchen", flüsterte Isabella, „eine solche Niederlage nimmt er nicht hin." „Sei unbesorgt, er wird nie mehr hier auftauchen und aus der Ferne kein Unheil anrichten. Er ist gestorben."
„Wie bin ich erlöst worden? Hat er zuletzt doch nachgegeben?" „Nein. Annabell hat die Blume gefunden, die dich erlöst hat." „Arnika, nicht wahr? Ich habe im Schlaf gespürt, dass Arnika mich retten würde. Hat mein Kind mich endlich verstanden?" „Wir wussten aus dem Mund des fremden Zauberers, dass es diese Blume sein würde. Es war jedoch eine Bedingung daran geknüpft, dass keine Biene in ihr schon Honig gesaugt haben durfte. Annabell hat sie zuletzt gefunden. Eine Elfe half ihr dabei."
Isabella war noch etwas schwach, als sie unten in die Wohnstube trat. Verwundert sah sie auf Hans und Susanna, die sich an den Händen hielten. „Ich danke dir für deine Fürsorge. Ich habe wohl gemerkt in meinem schlafähnlichen Zustand, dass du gut für mich und Annabell gesorgt hast. Du bist mir wie eine neue Freundin", sprach sie Susanna an, „ich hoffe, du kannst bei uns in der Stadt und somit in unserer Nähe bleiben. Annabell bewundert dich und vertraut dir. Wo ist sie eigentlich?" „Sie spielt oben mit Antonia und ihren Töchtern, die dich besuchen wollen", erklärte Susanna, „Ich werde sie gleich herunterrufen."
Freudig begrüßte Antonia Isabella, als sie mit den Mädchen in die Stube kam. Annabell stürzte auf ihre Mutter zu und umarmte sie. „Mama ist wach!", rief sie ein um das andere Mal. „Du hast mit mir im Schlaf geredet, aber ich konnte dich nicht verstehen. Der Hase hat mir geholfen, ich hatte keine Angst. Er wusste, du wachst wieder auf."

Liebevoll streichelte Isabella den Hasen. „Das weiß ich, er hat über mich gewacht wie ihr alle." Die beiden Frauen umarmten sich und strahlten. „Wie schön, dass du es endlich geschafft hast zu kommen", rief Isabella. Sie begrüßte Antonias Kinder. „Wo ist dein lieber Mann?" „Er musste in Geschäften nach Holland. Deshalb hatte ich ja Gelegenheit, zu euch zu kommen. Ich bin schon einige Tage hier." „Du bleibst hoffentlich länger? Und du, Susanna, du bleibst doch ebenfalls?", bat Isabella. Susanna errötete. „Hans und ich sind uns einig geworden. Wir werden heiraten. Ich nehme gern eure Gastfreundschaft weiter in Anspruch, bis ich mit Antonia nach B*** fahre, um meine Sachen zu holen."

„Wo sind unsere Freunde Magister Mellikor und Gismut?", fragte Isabella endlich. „warum sind sie nicht hier?" „Sie kommen heute Abend und bringen einen jungen Mann mit. Du sollst ihn kennenlernen, denn er hat etwas mit deinem Zauberschlaf zu tun. Er wurde von deinem alten Verehrer indirekt gezwungen und überlistet. Trotzdem möchte er dich um Verzeihung bitten. Du wirst ihn mögen, auch wenn er ebenfalls ein Zauberer ist." „Abraham, warum habe ich es immer mit Zauberern zu tun?", seufzte Isabella. „Und dabei seid ihr meistens so nette Menschen!"

XVI

Xavier ritt mit Magister Mellikor nach dem Besuch bei der Apothekerfamilie zurück ins Schloss. Er wollte heute noch nicht zu seiner Mutter.

Die beiden Zauberer saßen gemütlich in der Halle und tranken Wein. Jeder hing seinen eigenen Gedanken nach. Plötzlich fragte Xavier in die Stille: „Was ist nun mit meinem Meisterstück? Ich habe versagt und habe keinen Zauberstab mehr.

Bin ich denn nun ein Zauberer oder nicht?" Magister Mellikor hob den Kopf und blickte nachdenklich auf das Bild seines Großvaters an der Wand. Diese Frage hatte er sich noch nicht gestellt. „Nun", fing er an, „so recht kann ich dir nicht antworten".

Nach einer Weile sprach er weiter: „Einerseits bist du fertig ausgebildet und bist zudem beim Gesang der Elfen einge-schlafen. Andererseits hast du keine Prüfung vor Zeugen abgelegt, wie es üblich ist. Auch brauchst du einen neuen Stab." „Woher nehme ich einen Zauberstab? Ob ich den alten zurückbekomme von der Elfenkönigin?" „Das erscheint mir unmöglich. Die Unsichtbaren werden ihn an sich genommen haben, denn es wurde Böses mit ihm angerichtet. Meinen Stab haben sie vor Jahren verschwinden lassen, als jemand unrechtmäßig damit zu zaubern versuchte." „Und woher hast du einen neuen?" „Ich habe ihn mir in der Stadt B*** gekauft. Dort hatte sicher dein Meister deinen vor ein paar Monaten erworben. Dort kaufen wir dir einen."„Und die Prüfung?" „Das wird schon schwieriger. Ich weiß von keinen zwei Kollegen, die bei der Prüfung dabei sein könnten. Wir müssen wohl eine Reise nach Italien unternehmen - an deine alte Universität am besten − und dort zwei Kollegen bitten, die Prüfung durchzuführen."

Magister Mellikor war der Gedanke an eine so weite Reise nicht angenehm, das sah Xavier ihm an. „Es eilt ja nicht so sehr mit der Prüfung", beschwichtigte er ihn, „wenn ich erst den neuen Stab habe, komme ich zunächst ohne Prüfung wie in meiner Lehrzeit zurecht." Magister Mellikor drehte sein Glas nachdenklich in der Hand und lauschte dem Ticken der Uhr. Feierlich begann er endlich: „Ich mache dir einen Vor-schlag. Würde es dir gefallen, mein Gehilfe zu werden und mit mir mein Zauberbuch zu Ende zu bringen? Du hast Dinge in Italien gelernt, die mir vielleicht nicht bekannt sind. Der grausame Betrug durch deinen eifersüchtigen Meister wirft viele Fragen auf, denen wir zusammen nachgehen können. Mit Meister Abraham habe ich schon lange der Rolle, die Die Unsichtbaren spielen, auf die Spur zu kommen versucht, - leider ohne großen Erfolg. Jetzt aber haben wir gerade ihre große Macht über uns Zauberer miterlebt."

Xavier war von dem Angebot überwältigt, er konnte nur zustimmend nicken. Beide Männer erhoben ihr Glas und prosteten sich zu, um den Bund zu besiegeln. In Xaviers Glas funkelte ein violetter Gegenstand. Als er ihn herausfischte, hielt er einen kleinen Frosch aus Amethyst in der Hand. Magister Mellikor erschauerte. „Das ist ein Zeichen, das dir Die Unsichtbaren geben", sagte er ehrfürchtig. „Die geheimnisvollen Mächte selbst haben dich als Zauberer anerkannt. Du bist durch sie geprüft und für würdig befunden."

Er stand auf und umarmte Xavier.